照れ降れ長屋風聞帖【十八】

まだら雪

坂岡真

双葉文庫

目次

折《お》り鶴《づる》　5
おすずの恋　106
まだら雪　204

折《お》り鶴《づる》

一

文政《ぶんせい》十二年（一八二九）、初春。

雪解けの季節、庭の寒椿《かんつばき》も深紅《しんく》の花をつけた。

釣《つ》り竿《ざお》を担《かつ》いで人形町《にんぎようちよう》を歩いていると、顔に煤《すす》を塗られて湯屋《ゆや》から放りだされる浪人をみつけた。

「板の間稼ぎか」

どうやら、他人の褌《ふんどし》を盗もうとしてみつかったらしい。

黒い顔のなかで目だけが白く、大柄なせいか、冬眠から目覚めた熊《くま》のようだ。

腰はふらつき、足取りはままならず、まっすぐに歩くこともできない。

放っておけず、浅間三左衛門《あさまさんざえもん》はあとを追った。

浪人は誰かに危害をくわえるでもなく、喚《わめ》いたり叫んだりもせず、へっつい河岸《がし》のほうへ向かっていく。そして、水を満々と湛《たた》えた堀川に沿って歩き、浜町《はまちよう》河岸《がし》へ注《そそ》ぐ一歩手前に架かる入江橋《いりえばし》のあたりで足を止めた。

夕陽に染まる土手下では、菅笠《すげがさ》の親爺《おやじ》が釣り糸を垂れている。野鯉《のごい》か寒鮒《かんぶな》でも狙っているのだろうか。

「ん」

釣果《ちようか》がある。

水際に浸した魚籃《びく》のなかで、魚がぱしゃぱしゃ跳ねていた。

黒い顔の浪人は小走りに近づくと、川獺《かわうそ》のような素早さで魚籃に両手を突っこんだ。

一尺はありそうな魚を摑《つか》み、胸に抱えて脱兎《だつと》のごとく逃げる。

親爺は怒鳴りもせず、ただ呆然《ぼうぜん》と後ろ姿を見送った。

浪人は辻陰《つじかげ》に身を隠し、盗んだ魚をがつがつ齧《かじ》りはじめる。

まるで、餓鬼地獄《がきじごく》からやってきた亡者《もうじや》のようだ。

胸を痛めずにはいられない。

三左衛門は辻の暗がりへ足をはこび、うっかり声を掛けてしまった。

「もし、お困りのようなら」

「ぬぐ」

浪人は顎《あご》に生魚の血を滴《したた》らせ、猛禽《もうきん》のような目で睨《にら》みつける。

三左衛門は声を失った。

人さえも啖《くら》いかねない目付きだ。

次第にそれが、憐れみを請う眼差《まなざ》しに変わる。

「……た、頼む……い、一杯だけでいい……さ、酒を」

嗄《かす》れた声に抗《あらが》えず、辻向こうの一膳飯屋《いちぜんめしや》に浪人を誘った。

見世のなかは、一日の疲れを癒《い》やしにきた人足たちで賑わっている。

縄暖簾《なわのれん》を振りわけると、誰もが浪人のみすぼらしい風体《ふうてい》に息を呑んだ。

床几《しょうぎ》に座った何人かが、ちろりとぐい呑みを手にして席を移る。

ぽっかりできた空席に腰をおろし、燗酒《かんざけ》と衣《きぬ》かつぎを注文した。

禿《は》げた親爺は無愛想な男で、顔色も変えぬかわりに返事もしない。

浪人はあいかわらず煤だらけの顔をしていたので、三左衛門は水玉の手拭いを濡らして手渡した。

手拭いで顔をごしごし拭くと、存外に凜々《りり》しい面立《おもだ》ちの四十男があらわれた。ただし、頰は瘦《こ》け、無精髭《ぶしょうひげ》は伸び放題だ。

禿げた親爺が、燗酒と肴をはこんでくる。

浪人は貪《むさぼ》るように酒を呑み、噎《む》せてしまった。

「急《せ》くこともなかろう。酒は逃げていかぬ」

浪人はうなずき、震える両手でぐい呑みをかたむける。

一杯が二杯となり、酒量はみるまに増えていった。

辻で声を掛けたのを後悔したが、あとの祭りだ。

「笑ってくだされ。酒代を手にしたい一心で、板の間稼ぎをやった。他人の褌を盗んで捕まり、顔に煤を塗りたくられたのでござる」

浪人は安酒を半升ほど呑み、ようやく名乗った。

「拙者、沖本恭二《おきもときょうじ》と申す。貴殿は」

「浅間三左衛門でござる」

「浅間どのが仏にみえ申す」

「何の。困っているときはおたがいさまだ」

「ありがたい。他人の親切に触れるのは、何年ぶりでであろう」

「大袈裟《おおげさ》な」

「いいや、とんとおぼえておらぬ。この世には鬼《おに》か蛇《じや》ばかりが棲《す》んでいるとおもうていた。無論、すべては意志の弱さが招いたこと。酒に溺《おぼ》れて憂《う》さを忘れることでしか、生きながらえる術《すべ》を知らなんだ」

沖本は饒舌《じようぜつ》に語ったかとおもえば、むっつり黙りこむ。

「ご覧くだされ。この刀」

脇に置いた黒鞘《くろざや》から抜かれた刀に光はない。

「竹光《たけみつ》でござる。それでも、差さずにはいられぬ。腰が何とのう淋《さみ》しゅうて」

「その気持ち、わからぬではない」

「えっ」

「じつは、わたしも」

三左衛門も大刀を手に取り、すっと抜いてみせる。

「貴殿も竹光か」

「さよう、われらは竹光仲間でござる」

「ぬはは、おもいがけず知己《ちき》を得た」

沖本はさも嬉しそうに笑い、ぐい呑みをかたむけた。

三左衛門は刀を脇に置き、自分のぐい呑みに酒を注ぐ。

「もしや、沖本どのは剣術を生業《なりわい》にしておられたのか」

「二年前まで、とある藩の禄《ろく》を喰《は》んでおりました。愛宕下大名小路《あたごしただいみょうこうじ》の御上屋敷にて、主家を継がれる幼君に剣術の御指南《ごしなん》を。されど、出世を嫉《ねた》む者の罠《わな》に嵌《は》まり、藩を逐《お》われ申した」

爾来《じらい》、天運に見放され、堕《お》ちるところまで堕ちた。

「妻子はおられぬのか」

「妻と娘がおりました。されどある晩、酒を浴びるほど呑んで部屋に戻ったら、影もかたちもござらなんだ」

半年前のはなしだという。

「拙者は酔った勢いで、毎晩のように妻を叩いておった。ろくでなしの夫をさげすむ妻の眼差しに耐えきれず、足蹴《あしげ》にしたこともござる。娘は三つの可愛い盛りであったが、いつも目を泣き腫《は》らしておりました」

仕舞《しま》いには愛想を尽かされ、沖本は捨てられた。

「妻は強いおなごでござった。禄高の少ない下士の娘で、幼いころから父に武士の娘らしく気高く生きよと教わってきた。荒れ野に咲く一輪の花のような凛《りん》とした物腰に惹《ひ》かれ、拙者は嫁になってほしいと三顧《さんこ》の礼《れい》をもって掻《か》き口説《くど》いたのでござる。妻は覚悟を決めてからは、とことん尽くしてくれ申した。藩を逐われたときも、愚痴《ぐち》ひとつこぼさずに従《つ》いてきてくれた。内職をしながら赤ん坊を育て、貧乏暮らしを厭《いと》う素振りもみせなんだ。されど、我慢にも限りがござる。拙者は捨てられて当然だった」

　しかし、沖本には未練があった。心当たりはすべて捜しまわり、戻ってくることを期待して、今も三人で暮らした湯島《ゆしま》の裏店《うらだな》に留まりつづけているという。

「寝ても覚めても、妻と娘のことをおもいだす」

　望んでもかなわぬことだが、できれば再会したいと、哀れな男は涙を浮かべた。

「浅間どの、貴殿には妻子がおありか」

「ええ。妻とふたりの娘がおります」

「娘御はおいくつでござろうか」

「上が十五で、下は六つ」

「さぞかし、可愛かろうな」

　可愛くない親がどこにあると、目で叱《しか》りつけてやる。

「そうよな」

沖本は溜息を吐《つ》き、おもむろに立ちあがるや、壁に貼られた品書きを引っぺがした。

そして、油の滲《にじ》んだ品書きを四角に伸ばし、震える指先で何やら折りはじめる。

三左衛門は黙ってみつめた。

できあがったのは、折り鶴だ。

不格好な鶴だが、腹を膨《ふく》らますと床几のうえで羽をひろげた。

「すまぬ。こんなものでしか、礼ができぬ」

「お気になさるな」

三左衛門は折り鶴を懐中《かいちゅう》に仕舞い、多目の酒代を床几に置いた。

沖本は空のぐい呑みを撫《な》でまわし、物悲しげな目を向けてくる。

「江戸はひろい。もう、貴殿とは逢えぬであろうな」

「ふむ」

「浅間どの、今宵《こよい》の恩は生涯忘れぬ。もし、路傍《ろぼう》に野垂《のた》れ死んだ拙者をみつけたら、野花の一本も手向《たむ》けてほしい」

「縁起《えんぎ》でもないな。難しいことかもしれぬが、まずは酒を抜くことだ。妻子と今一度ひとつ屋根の下で暮らしたい。そう強く願う心があれば、おのれに打ち克《か》つこともできよう」

今がおのれに与えられた試練だとおもえば、辛《つら》さや惨《みじ》めさに耐えることもできる。

「沖本どの、わたしも似たような境遇であった。もう十余年前のはなしだが、上《こう》野国《ずけのくに》にある小藩の馬廻《うままわ》り役《やく》をつとめておった。藩の台所は火の車でな、禄を奪われた下士たちが陣屋《じんや》の門前で殿様を襲ったのだ」

襲った下士のなかに、同じ道場で鎬《しのぎ》を削った朋輩《ほうばい》もいた。三左衛門は殿様を守る役目を果たすべく、朋輩を斬らねばならなかった。そののち、凶事を未然に防いだ褒美《ほうび》を賜《たまわ》ったが、藩と故郷を捨てた。

「江戸へ逃れてからは、何度も自分を見失いかけた。それこそ、酒を浴びるほど呑み、博打《ばくち》や喧嘩《けんか》もやった。苦境を乗りこえられたのは、つましい長屋暮らしのなかに人の情けをみつけたからだ。妻や子と笑いあい、ともに泣くことの尊さを知ったからだ。おぬしもきっと、やり直すことができる。あきらめずに前を向きなされ」

「……か、かたじけない」
沖本は嗚咽《おえつ》を漏らし、顔をあげることもできない。
後ろ髪を引かれつつも、三左衛門は寒空のもとへ飛びだした。
ちらちらと舞っているのは、積もらずに溶ける牡丹雪《ぼたんゆき》だ。
空に月星はなく、軒提灯《のきちようちん》だけが寒風に揺れている。
何やら切ない。虚《むな》しすぎる。
禄を失った侍の多くは、この江戸で生ける屍《しかばね》と化していく。
矜持《きようじ》を無くした侍は、火避《ひよ》け地《ち》に堆《うずたか》く積まれた芥《あくた》と同じだ。
竹光ではいざというとき、腹を切って死ぬこともできまい。
ぎりぎりのところで持ちこたえている相手に、埒《らち》もない説教をしてしまった。
三左衛門は喋《しやべ》りすぎたことを後悔しながら、暗い夜道をとぼとぼ歩きつづけた。

二

四月後《よつき》、水無月《みなづき》。
日本橋照降長屋《にほんばしてりふりながや》の軒越しに岩のような入道雲《にゆうどうぐも》を仰ぎ、三左衛門はおもわず「夏だな」とつぶやいた。

――ちりん、ちりん。

涼しげな音とともに、風鈴売《ふうりんう》りがやってくる。

眠い目を向けると、懐《なつ》かしい顔が立っていた。

「お久しぶり」

「ん」

義弟の又七《またしち》だ。

「義兄《あに》さんも、もうすぐ五十か。ずいぶん、しょぼくれちまったね」

「おまえに言われたかない」

美人でしっかり者と評判のおまつとちがって、弟のほうは饅頭《まんじゅう》に目鼻をくっつけたような間抜け面をしている。

あいかわらず、うだつのあがらない様子はみてとれた。

「ちゃんと生きておったのか」

「ご挨拶《あいさつ》だね。ご覧のとおり、朝から晩まで貧乏人に涼《りょう》を売っておりやすよ」

「風鈴売りか。性根を入れかえたようにみせ、遊ぶ金でも無心《むしん》にきたのであろう」

「おや、よくおわかりで」

独《ひと》り身《み》は気楽でいいとうそぶきながら、三十過ぎても所帯を持つ甲斐性《かいしょう》すらない。

「からっけつの義兄さんにゃ用はないのでご安心を。姉さんはあいかわらず、他人の世話を焼いているのかい」

「ああ、草鞋千足《わらじせんぞく》というやつだ。縁結びの聖天《しょうてん》さまと崇《あが》められ、仲人《なこうど》の依頼は引きもきらず。おかげで、娘たちともども、三度の飯にありつける」

「そういや、姪《めい》っ子《こ》たちともご無沙汰《ぶさた》しちまったな。おすずは十五、おきちは六つか。子どもってのは、知らぬまに大きくなっちまう。ことに、娘っこは色気づくのが早い。おおかた、おすずも奉公先で誰かに見初《みそ》められているにちげえねえ」

「黙れ。おすずにたかる虫があれば、容赦《ようしゃ》せぬ」

「ぬへへ、とぼけた糸瓜《へちま》みてえな顔で凄《すご》まれても、ぜんぜん怖《こわ》かねえや。もちろん、義兄さんが小太刀《こだち》の名人だってのは知っているけどね」

そうしたやりとりを交わしていると、おきちが手習いから帰ってきた。
見知らぬ幼子《おさなご》の手を引いている。

「父上、この子が木戸のところで泣いていたの」

「おう、そうか。女の子だな。どこの子だ」

「知らない」

おきちは言いはなち、又七の顔をみる。

「だあれ」

「おっと、忘れちまったのか。おめえの叔父《おじ》さんだぜ」

「又七さんでしょ」

「何だよ、わかってんじゃねえか」

おきちは、意地悪そうに微笑《ほほえ》んでみせる。

「おっかさんが言ってたよ。おまえの叔父さんはろくでなしの表六玉《ひょうろくだま》だって。糸の切れた凧《たこ》みたいにどっかに行っちまったけど、淋しくなると思い出すんだって」

「ほんとうか。姉さんが淋しいって、おいらがいなくて淋しいって、そう言ってくれたのか」

又七は涙ぐみ、姪っ子の小さなからだを抱きしめようとする。

おきちはするっと逃れ、井戸のほうへ駆けていった。

ひとり残された幼い娘は、汚れた掌《て》で折り鶴を差しだす。

「そいつをどうした」

又七が屈んで尋ねると、娘は誇らしげにこたえた。

「父上が折ってくれたの」

「そうかい。で、おとっつぁんはどこにいる」

「お酒」

「え」

娘は黙ってうつむいた。

口調から推《お》すと、父親は侍のようだ。

娘のみすぼらしい風体を見るに、長屋暮らしの浪人にちがいない。

幼い娘をほったらかしにして、酒場で呑んだくれているのではあるまいか。

三左衛門はそこまで邪推《じゃすい》し、はっと息を呑む。

――沖本恭二。

という名が、ぽっと浮かんだのだ。

顔は忘れてしまった。

もう、四月も経《た》っている。

だが、うらぶれた浪人のことは忘れられない。

貰《もら》った折り鶴も捨てられず、神棚《かみだな》の奥に仕舞ってあった。

目のまえの娘も、父親に貰った折り鶴を後生大事に携《たずさ》えている。

まさか、これほどの偶然もあるまいとおもったが、あり得ないはなしではなかった。

気まぐれな運命《さだめ》が、別れた父と娘を結びつけようとしているのかもしれない。

又七はにっこり笑い、優しく娘に尋ねた。

「おめえ、どっから来た」

「ろくろ店《だな》」

「ろくろ首のろくろ店か。何やら、見世物小屋みてえな名だな。で、そいつはどこにある」

「知らない」

「知らねえって、困ったな。それじゃ、ここまでどうやって来た」

「知らない」

「おいおい、めえったな。迷子かよ。んじゃ、おっかさんは」

「赤城明神《あかぎみようじん》」

昨晩、ちょっと赤城明神まで出掛けてくると言い残して出ていったきり、朝まで帰ってこなかった。

「それで、おっかさんを捜しにきたのか」

「うん」

くうっと、娘は腹を鳴らす。

「朝も昼も食ってねえのか。腹あ減ったろう」

又七は腰に巻いた風呂敷《ふろしき》をひらき、笹《ささ》にくるんだ握り飯を取りだす。

「ほれ、食え」

娘は握り飯を手に取り、必死に貪りはじめた。

「ゆっくり食わねえと、のどに詰まっちまうぞ。ほれ、水も呑め」

又七は竹筒《たけづつ》をかたむけ、手ずから水を呑ましてやる。

娘は握り飯にかぶりつき、酸っぱそうに口をすぼめた。

「へへ、梅干《うめぼ》しがへえっているのさ。すっぺえか」

「うん」

「そっか。赤城明神といやあ、神楽坂《かぐらざか》の上だな」

門前の裏通りに踏みこめば、岡場所がある。

何やら、拠所《よんどころ》ない事情がありそうだ。

風鈴に目をやる娘に、又七はなおも尋ねた。

「おめえ、名は」

「三春《みはる》。三つの春で三春」

「ふうん、三つの春か。義兄さん、そういや、陸奥《むつ》のほうにそんな名の藩があったね」

又七に水を向けられ、三左衛門はこたえてやった。

「三春藩五万石、秋田《あきた》家の所領だ」

「それそれ。ひょっとして、三春の父親はそこの出じゃねえのかな」

「さあな」

と言いつつも、三春藩の所在を頭のなかで探してみる。

上屋敷はたしか、愛宕下大名小路にあったはずだ。

沖本恭二も「愛宕下大名小路の御上屋敷にて」幼君に剣術を指南していたと言った。

もしかしたら、沖本は三春藩の元剣術指南役なのかもしれない。

我に返ると、又七が怒っている。

「何だよ。他人事《ひとごと》みてえな面しやがって。義兄さん、この娘を助けてやる気はねえのかい」

「おまえが助けてやれ」

「えっ、おいらが」

「ほれ、娘をみろ。おまえを頼りにしているぞ」

三春は又七の袖《そで》を引いている。

どうやら、赤い金魚の描かれた風鈴が欲しいらしい。

「風鈴なら、いくらでもくれてやらあ。でもよ、そのめえに、おめえのおっかさんをみつけなくちゃな」

ふと、父親の名を聞いてみたい誘惑に駆られた。

だが、やめておく。

知ってしまえば、沖本と関わることにもなりかねない。

それだけは、ごめんだ。

沖本恭二は、落ちぶれた侍の見本だった。

鏡に映った自分をみているようで、会えばきっと切なくなる。

三春という娘には申し訳ないが、今は再会したくない気持ちのほうが勝《まさ》っていた。

「とりあえず、赤城明神の門前にでも行ってみるんだな」

三左衛門は、あくまでもつれない。

又七が世話を焼きたがっている様子なので、とりあえずは任せようとおもった。

「ちっ、しょうがねえな」

頼りない義弟は舌打ちしつつも、ひと肌脱ぐ覚悟を決めたようだ。

幼い三春の手を引き、木戸口のほうへ歩いていく。

「しっかり捜してやれよ」

三左衛門が呼びかけても、肩を怒らせた又七は振りむこうとしなかった。

三

紅紫《べにむらさき》の絹糸《きぬいと》のような合歓《ねむ》の花が咲いている。

怒りを除き、気がやわらぐとの言い伝えを聞いて、おまつが軒下に植えたものだ。

翌日は朝からへっつい河岸のほうへ足を向け、駄目元で沖本恭二を捜してみた。

半日余り、足を棒にして周辺を歩きまわったが、沖本の痕跡もみつけられない。

仕方なく家に戻り、軒下の縁台で夕涼みをしていると、下谷同朋町《したやどうぼうちょう》の八尾半《やおはん》兵衛《べえ》がひょっこりあらわれた。

「よう、生きておったか」

それはこっちの台詞《せりふ》だと、三左衛門は言いかける。

「ほれ、断ち売りの西瓜《すいか》じゃ」

「ほう、そいつはありがたい」

「おぬしにではない。娘たちにじゃ」

半兵衛は七十を過ぎても矍鑠《かくしゃく》としており、皮肉の切れ味も鋭い。

今は悠々自適《ゆうゆうじてき》の隠居暮らしだが、南町奉行所で風烈廻《ふうれつまわ》り同心をやっていたころの反骨魂《はんこつだましい》は衰えを知らず、世間にはびこる理不尽《りふじん》な事どもを見過ごす気配もなかった。

甥《おい》の半四郎《はんしろう》は南町奉行所の定町廻《じょうまちまわ》り同心をつとめ、三左衛門とは投句《とうく》仲間でもある。

「水をくれ」

「は、ただいま」

水瓶《みずがめ》から柄杓《ひしゃく》で汲《く》んだ水を呑むと、半兵衛の干涸《ひか》らびた顔に生気が戻った。

「酒はあるか」

「安酒でよろしければ」

「かまわぬ。貧乏長屋で富士見酒《ふじみざけ》など所望《しょもう》せぬわ。肴《さかな》は煮干《にぼ》しでよいぞ」

「味噌《みそ》しかありませんよ」

ふたり並んで縁台に座り、冷や酒を酌《く》み交わした。

「又七とか申す義弟がおったろう」

「はあ。又七が何かやらかしましたか」

「夏の糞《くそ》暑い時季だけ定斎屋《じょさいや》をやっておると抜かしてな、得体《えたい》の知れぬ薬を置いていきおったわ」

「得体の知れぬ薬」

「一包で一分もする丸薬じゃ。赤玉神教丸《あかだましんきょうがん》にも勝る不老長寿の薬とか申しておったが、袋にはいっておったのは、やたらに苦い代物《しろもの》よ。おおかた、鼻糞に千振《せんぶり》でも混ぜて煉《ね》ったのじゃろう。おつやがためしに服用したら、腹を下《くだ》しおってな」

「おつやどのが」

三十のなかばを過ぎた後添《のちぞ》いで、以前は千住宿《せんじゅしゅく》の宿場女郎をしていた。日光《にっこう》詣《もう》での帰路、たまさか旅籠《はたご》に泊まった半兵衛がひと目惚《めぼ》れしたのだ。

三左衛門は同情もせず、口上を信じて薬を買った浅はかさを責める。

「又七のいい加減さはよくご存じのはず。騙《だま》されるほうが悪いのですよ」

「ふん、莫迦《ばか》な義弟の肩を持つのか」

「そうではありませぬが」

「姉には何かと世話になっておるからな、おまつに免じて許してやろう。それはまあよいとして、ここからが本題じゃ。又七のやつ、贋薬《にせぐすり》といっしょに幼い娘を置いていきおった」

「えっ」

「名は三春。何でも、双親《ふたおや》に捨てられた娘らしい」

困ったというよりも、半兵衛はどことなく嬉しそうだ。

「それで、又七はどうしました」

「行方《ゆくえ》知れずの母親をみつけにいくと抜かし、妙にはりきっておった。母親がみつかるまで預かってほしいと頼まれてな。おつやもわしも、幼子の面倒などみたこともない。その場で断るべきであったが、娘のつぶらな瞳に涙が溢《あふ》れてくるのをみてな、無下《むげ》にはできなんだ」

とりあえず、三春を預かることにきめたという。

「では、あの娘は今、下谷同朋町のご自宅に」

「なに、知っておるのか。おつやが可愛がっておるわ」

「又七め、とんでもないやつだな」

「三春に母親のことを聞いたぞ。名は椿《つばき》と言うてな、左の目許に泣き黒子《ぼくろ》があるそうじゃ」

「あの娘、そこまで喋りましたか」

「じゃが、どこから来たかはわからぬ。ろくろ店というだけでは探しようもない」

「甥御の半四郎どのに頼んでみてはいかがでしょう」

「もう頼んだわ。生意気なやつめ、暇なときに調べておくと抜かしおった」

三左衛門はうなずき、ぺろっと味噌を舐《な》めた。

「又七の行く先は赤城明神ですな」

「ああ。母親の向かったさきはたぶん、岡場所じゃろう」

「わたしも、そうおもいます」

「おもっておるなら、神輿《みこし》をあげぬか。又七なんぞに任せておったら、何日掛かるかわからぬぞ」

「ずいぶん、急《せ》いておられますな」

「あたりまえじゃ。三春はあのとおり、年端《としは》もいかぬ娘じゃ。母親に逢いたい一心で家を飛びだした。その勇気と健気《けなげ》さに、心を動かされぬ者はおらぬ。日が経てば、それだけ情も移る。ともに暮らすときが長引けば、いっそう別れも辛くなる」

「先々のことまで案じておられる」

「わし自身より、おつやのことを案じておるのさ。あれはむかし、行きずりの男に孕《はら》まされた。その子を水にしたのを、今でも悔《く》やんでおるのじゃ」

おつやにそうした過去のあることを、はじめて知った。

「失った子と三春を重ねでもしたら、取りかえしのつかぬことになる」

考えすぎのような気もするが、おつやにたいする半兵衛の恋情《おもい》はよく伝わってきた。

「ともあれ、そういうことじゃ。下谷の隠居が弟に迷惑を掛けられておると、おまつにも伝えておけ」

「承知しました」

「さればな」

半兵衛は手拭いで口を拭き、おもむろに腰をあげた。背筋をすっと伸ばし、木戸のほうへ遠ざかっていく。

それにしても、椿という母親はなぜ、幼い娘を残して行方知れずになってしまったのだろうか。

杏子色《あんずいろ》の夕陽に尋ねても、こたえは浮かんでこない。

こうなれば、おまつの帰りを待つより、赤城明神の岡場所に足を延ばすのがさきだ。

三左衛門は巣に帰る鴉《からす》の鳴き声を聞きながら、重い尻を持ちあげた。

四

勾配《こうばい》のきつい神楽坂をのぼったさき、赤城明神の門前裏には江戸でも名の知られた岡場所がある。

女郎の数も多く、日暮れともなれば客も次第に増えてくる。

小便臭い裏通りには妖《あや》しい軒行灯《のきあんどん》をぶらさげた四六見世《しろくみせ》が並んでおり、一見者《いちげんもの》の闖入《ちんにゅう》を阻《はば》んでいた。

どこから訪ねたらよいかもわからぬまま、三左衛門はしばらくうろつきまわった。袖を引く女があれば、片っ端から椿の名を出し、左の目許に泣き黒子のある女はいないかと訊《き》いてみた。

無論、岡場所では源氏名《げんじな》を使うだろうし、泣き黒子のある女郎はほかにもいる。誰もが首をかしげ、人捜しならほかでやっとくれとつれなくされているうちに二刻（四時間）が過ぎ、町木戸の閉まる亥《い》ノ刻（午後十時）も近づいてきた。

「ぎゃああ」

突如、暗闇の一隅で女の悲鳴があがった。

驚いて駆けつけてみると、半裸に剝《む》かれた女郎が酔客らしき浪人から足蹴《あしげ》にされている。

「このあま、わしをみくびったな」

浪人は雲を衝《つ》くような大男で、鬢《びん》の反りかえった顔は仁王《におう》のようだ。

立派な大小を腰に差しているせいか、ほかの客たちも関わりを避けていた。

三左衛門はかまわず、すたすた近づいていく。

「おい、やめろ」

「ん」

仁王は太い首を捻《ひね》り、血走った眸子《まなこ》を剝いた。

「何じゃ、きさまは」

「おぬしと同じ、食いっぱぐれの野良犬よ」

「何だと。わしを野良犬と呼んだな」

「怒ったか」

「あたりまえだ。叩っ斬ってやる」

浪人は身構え、大刀の柄《つか》に手を添える。

三左衛門は首をかしげ、薄く笑った。

「やめておけ。抜けば、おぬしは恥を搔《か》く」

「黙れ」

浪人は鯉口《こいぐち》を切り、刀を抜きはなとうとする。

鈍い光が閃《ひらめ》いた。

——ひゅん。

抜いたのは、三左衛門のほうだ。

冴《さ》えた鍔鳴《つばな》りとともに、脇差《わきざし》が鞘《さや》に納まる。

と同時に、浪人の帯がはらりと解けた。

帯が解けたのも気づかず、大刀を抜いて踏みだす。

その途端、自分の着物にからまり、浪人は足を縺《もつ》れさせた。

「うわっ」

転んだついでに自分の刀で腹を刺し、えらく痛がっている。

三左衛門はそばに屈み、浪人の情けない顔を覗《のぞ》きこんだ。

「薄汚い首と胴はまだ繋《つな》がっておるぞ。お望みとあらば、斬りはなしてやるがな」

「ひぇっ、堪忍《かんにん》してくれ」

浪人は腹を押さえ、すたこら逃げていく。

喝采《かっさい》の声が聞こえた。

「旦那、ありがとう」

安っぽい白粉《おしろい》の匂いがして、助けられた女郎が顔を差しだす。

壁のように化粧を塗っており、年齢は判然としない。

顎《あご》に垂れた肉襞《にくひだ》から推すと、かなりの年増《としま》だろう。

「あたし、こうみえても五十路《いそじ》を超えているんですよ。あのでかぶつ、若いのがよかったみたい。もう少しで死んじまうところでしたよ。ええ、ほんとうに死神の顔をみたんだから。それはそうと、遊んでおいきなさいな。枕代《まくらだい》なんざいりませんよ。野暮なことは言いっこなし。助けてもらったお礼がしたいんですよ」

「ありがたいが、遊びにきたわけではない」

「それじゃ、何しに来なさったの」

「人捜しだ。名は椿、年の頃は三十路あたり、左の目許に泣き黒子がある」

「昨日、同じことを訊かれましたよ」

女郎は穴蔵のような自分の部屋に流し目をおくる。

──ちりん。

風鈴が鳴った。

又七だ。

「足を棒にして捜しているんだって、風鈴売りのお兄さん、あたしのお腹《なか》のうえで仰《おっしゃ》いましてね」

「えっ、あいつ、床《とこ》にはいったのか」

「ずいぶん、元気なお兄さんでしたよ。おっとせいの黒焼きを食べているから、疲れ知らずなんだって。こんど来るときは、不老長寿のお薬を持ってきてくれるそうですよ。もちろん、騙そうとしてんのはわかったけど、どことなく憎めないお兄さんでね」

又七のことは、どうでもよい。

「それで、椿という女におぼえは」

「ありますよ」

「えっ、あるのか」

「たぶん、あの女にまちがいありません。左の目許に泣き黒子もあったしね。武家娘っていう触れこみで売られてきたけど、赤城明神の岡場所じゃ通用しませんよ。手管《てくだ》ってものがなくちゃね。うぶなのがいいって客もいるけど、ここの客は玄人衆《くろうとし》ばかりでね、女郎にそれなりの手管を求めるんですよ。だから、あの女は一日と保《も》たなかった」

「もう、ここにはおらぬのか」

「ええ、連れてこられた翌朝には、またどこかに連れていかれましたよ」

「どこかって」

「さあ」

女は首を捻《ひね》り、媚《こ》びたような眼差しを向ける。

銭次第かと合点《がてん》し、三左衛門は一朱銀を手渡した。

「うふふ、すみませんねえ。女が連れていかれたさきはわかりませんけど、連れまわしているやつなら知っていますよ」

「誰だ」

「おっとせいのお兄さんにも言いましたけど、涅槃《ねはん》の岩吉《いわきち》と申します」

「涅槃の岩吉」

「女衒《ぜげん》あがりの金貸しでしてね、大きい声じゃ言えないけど、平気で人を殺《あや》めるんだそうです。椿って女の事情も、それとなく耳にしましたよ。何でも、借りている貧乏長屋の大家に騙され、借金のカタに取られたんだとか。逃げちまえばいいのに、岩吉のところへ直談判《じかだんぱん》しに行っちまった。飛んで火にいる夏の虫、そのまんま、身ひとつでここに連れてこられたってわけ」

そして、春を売る術《すべ》も知らず、別の岡場所へ連れていかれたのだ。

女郎のはなしに耳をかたむけつつ、三左衛門は泣きさけぶ幼子の声を聞いていた。

っ た 。

「三春」

四つか五つくらいの幼い娘にとって、唐突《とうとつ》に訪れた不幸は命に関わる出来事だった。

三春は生きのびるために、本能の命じるがまま、貧乏長屋を飛びだしたのだ。

椿は今ごろ、置き去りにした娘をおもい、心配でたまらなくなっているにちがいない。

もはや、一刻の猶予《ゆうよ》もならなかった。

「旦那、どうしました。怖いお顔ですよ」

「涅槃の岩吉はどこにおる」

「さあ。本所回向院《ほんじょえこういん》の近くに見世を構えているらしいけど」

「すまぬ。おかげで助かった」

「いいんですよ。ところで、旦那はあの女の何なんです」

こたえようがなく、口をもごつかせるしかない。

――ちりん。

風も無いのに、又七の風鈴がまた鳴った。

五

岩吉の見世は本所回向院の裏手、松坂町《まつざかちょう》の片隅にあった。

質屋のような建物を想像したが、見世は紅殻格子《べんがらごうし》に彩《いろど》られた二階建ての楼閣《ろうかく》で、いかがわしい雰囲気を漂わせている。

しばらく物陰から様子を窺っていると、白粉を塗った女が客を送りだしにきた。

どうやら、見世のなかで女たちに春を売らせているらしい。

椿も、あのなかにいるのだろうか。

三左衛門は敷居をまたいだ。

目付きの鋭い若い衆が、さっそく近づいてくる。

「何かご用で」

「椿という女はおらぬか」

「知りやせんねえ。こちらはお初で」

「ふむ」

「申しわけござんせんが、一見《いちげん》さんはお断りしておりやす」

若い衆はこちらを値踏みしながら、やんわりと告げた。

三左衛門は耳をほじくり、軽い溜息を吐いてみせる。

「岩吉に会わせてくれ」

「あいにく、主人は出掛けておりやすが」

「怪しい客が来たら、そうやって応じるのか」

「旦那、因縁《いんねん》でもつけようってのかい」

「いいや。わしはただ、岩吉に会いたいだけだ。取りつがぬと申すなら、おぬしの首を貰う」

さっと身構えるや、相手はさすがにたじろいだ。

「ちょいと、お待ちを」

若い衆は奥へ引っこみ、すぐに舞いもどる。

頬に刀傷のある悪相の男をともなっていた。

「おれは若《わか》い衆頭《しがしら》の佐平次《さへいじ》だ。てめえか、難癖《なんくせ》をつけてんのは」

佐平次は横柄な態度で言い、手にした木刀をくるくる廻す。

「親分はいねえ。用件があんなら、おれに言え」

「椿という女を知らぬか。左の目許に泣き黒子のある女だ」

「泣き黒子の女か」

佐平次は意味ありげに微笑み、手下に目配せする。

三左衛門は見逃さない。

「知っておるようだな」

「ふん、てめえは何だ。あの女の亭主か」

「いいや、亭主の知りあいだ」

「亭主に頼まれて、女房を連れもどしにきたのか」

「まあ、そのようなものだ」

「いくらになる」

「えっ」

「連れもどし料だよ。いくらで請けおった」

「報酬《ほうしゅう》などないさ」

苦笑してみせると、佐平次は小莫迦にする。

「へへ、ただのお節介《せっかい》なら、焼かねえほうがいい」

「どうして」

「苦界《くがい》に沈んだ女を捜しても、無駄ってことさ」

「ろくろ店の大家に騙され、借金のカタに取られたと聞いたが」

「事情なんぞ知らねえよ」

「おぬしらも、女を騙したのではあるまいな」

「騙したら何だってんだ」

「容赦はせぬ。椿を騙して苦界へ堕としたことがわかったら、おぬしらひとり残らず地獄をみる羽目《はめ》になるぞ」

「ぬへへ、岩吉一家の佐平次を脅そうってのか。やめときな。後悔することになるぜ」

三左衛門は聞きながし、佐平次を睨みつける。

「もう一度聞こう。椿は、ここにおるのか」

「いねえよ」

ぞんざいな態度が癇《かん》に障《さわ》った。

だが、三左衛門は動かない。

佐平次は嘘を吐いていないと察したからだ。

六

三左衛門は恒例の句会があったのをおもいだし、本所から大橋《おおはし》を渡って柳橋《やなぎばし》の『夕月楼《ゆうづきろう》』までやってきた。

二階の部屋からは、素麺《そうめん》を啜《すす》る音が聞こえてくる。

くうっと、腹の虫が鳴った。

部屋にはいると、定町廻りの八尾半四郎と楼主の金兵衛《きんべえ》が立ったまま素麺を掬《すく》っている。

竹筒をふたつに割って樋《とい》をつくり、上のほうを高くしてかたむけ、冷水といっしょに麺を流す。流し素麺をやっているのだ。

樋の上から水を流す役は、廻《まわ》り髪結《かみゆ》いの仙三《せんぞう》だった。

白襷《しろだすき》を掛けたすがたは涼しげで、おもわず頰が弛《ゆる》んでくる。

大きな檜《ひのき》の盥《たらい》には冷水が張られ、上等な下り酒を入れた徳利が何本も並んでいた。

すでに三人はできあがっており、赭《あか》ら顔《がお》で童子のようにはしゃいでいる。

「おっ、横川釜飯《よこかわかまめし》の登場だ」

号で呼ぶのは、みずからも「屁尾酢河岸《へおすかし》」の号を持つ半四郎だ。

「釜飯どの、素麺を啜るまえに一句」

号を「一刻藻股千《いっこくもまたせん》」と称する金兵衛も煽《あお》ってくる。

「お題は『涼《りょう》』にござります」

「『涼』か」

三左衛門は戸のそばに佇《たたず》み、じっと考えた。

「よし、できた」

「どうぞ」

「水にして浮世の憂さを忘れさる」

へぼ句を捻りだすと、半四郎が反応した。

「何やら、暗《くれ》えな。鬱陶《うっとう》しいことでもあんのかい」

「あるある、おおありでね」

とりあえず箸《はし》を取って樋《とい》に近づき、素麺を掬おうとする。

「こいつが、なかなか難しい」

幇間《ほうかん》をまねてからかう仙三は、義弟の又七と幼馴染みでもあった。金兵衛の引きあわせで、半四郎の御用聞きもやっている。

三左衛門は素麺を掬い、付け汁に浸して啜った。

「ふむ、美味《うま》い」

「薬味は海苔《のり》に青紫蘇《あおじそ》に葱《ねぎ》、とろろもござんすよ」

金兵衛が、薬味皿を載せた盆を寄こす。

「つるつるっと、いくらでもいけますぜ」

しばらく素麺を食べつづけ、落ちついたところで、ようやく酒に向かった。

四人は車座《くるまざ》になり、注《つ》ぎつ注がれつやりはじめる。

半四郎が、小銀杏髷《こいちょうまげ》を整えた。

「こっちも鬱陶しいことばかりさ。金兵衛、一句できたぞ」

「どうぞ、ご披露《ひろう》してくだされ」

「南部坂座頭《なんぶざかざとう》のあたまかち割られ」

半四郎は、わけのわからぬ句を口走る。

仙三がすかさず、口を挟んだ。

「昨晩遅く、麻布谷町《あざぶたにまち》の南部坂を下ったあたりで、座頭殺しがありやしてね。ほとけは杉《すぎ》の市《いち》っていう阿漕《あこぎ》な金貸しでやんす」

半四郎と仙三は、検屍《けんし》におもむいていた。

「脳天が石榴《ざくろ》みてえに砕かれていやがった。さすがのおれも、ぶるっときたね」

「それで、涼を感じたと」

金兵衛に茶化《ちゃか》され、半四郎は渋い顔になる。

「懐中《ふところ》のものは盗《と》られていたが、ありゃ辻強盗《つじごうとう》の仕業《しわざ》じゃねえと、おれはみているる」

「と、言うと」

三左衛門が水を向けると、半四郎は声をひそめた。

「杉の市は以前から、地廻りの伝五郎《でんごろう》と揉めていた」

発端は杉の市が貸し金の利子を低く抑え、伝五郎の上客をごっそり横取りしたことらしい。両者は険悪になり、刃傷沙汰《にんじょうざた》におよんだことも何度かあった。

「ついに殺《や》られたかというのが、近所のもっぱらの評判さ。おおかた、手を下したのは伝五郎の用心棒だろう」

用心棒が辻強盗にみせかけるため、梶棒《こんぼう》か何かで頭を割ったのだと、半四郎は臆測する。

「どっちにしろ、今は座頭殺しに掛かりきりさ」

半四郎は顔をしかめ、はなしを変えた。

「そう言えば、伯父御《おじご》から面倒事を頼まれておった」

「ろくろ店の件でしょう」

「それそれ、迷子になった娘の家を探せとせっつかれてね」

「すみません。半兵衛どのに迷子の娘を預けたのは、不肖《ふしょう》の義弟なのですよ」

「そいつは聞いた。何やら、伯父御は嬉しそうだったな。たぶん、天から孫でも授かった心持ちなのさ。あの三春という娘、健気で可愛らしいだけでなく、芯《しん》の強い勝ち気なところもある。伯父御が骨抜きにされるのも、無理からぬはなしだ」

「三春とお会いになったので」

「ちょこっとね」

半四郎は微笑み、素麺をずるっと啜る。

「ろくろ店ってのはめずらしい俗称だが、浅草や音羽《おとわ》あたりにある。それと、本所回向院のそばにも」

「それだ」

「えっ」

「三春が住んでいたのは、本所のろくろ店だとおもいます。松坂町に涅槃の岩吉という金貸しが楼閣風の見世を構えておりましてね、どうやら、そいつが三春の母親に身を売らせようとしているらしい」

三左衛門は、岩吉のもとを訪ねた経緯《いきさつ》を語った。

「ふうん、そんなことがあったのか。とりあえず、岩吉をみつけなくちゃならねえな。母親の行方を捜しだすのがさきだ。とは言うものの、ちと難儀だぞ」

「どうして」

「涅槃の岩吉は、その道じゃけっこう知られた悪党でね、本所廻りの連中とも裏でつながっているのさ」

「つまり、本所廻りも敵にまわしかねないと」

「下手《へた》に動けば、まちがいなくそうなる。荒木平太夫《あらきへいだゆう》はご存じでしょう」

「ええ。八尾さんより十五も年上の定町廻り同心でしたな」

「干涸らびた餅《もち》みてえな食えないやつでね。廻り方の仲間や小悪党どもを上手《じょうず》に束《たば》ねていやがる」

「あいかわらず、犬猿《けんえん》の仲みたいだな」

「まあね」

「そいつは困った」

荒木のような古株を敵にまわすと、厄介《やっかい》なことになる。

おもった以上に、壁は高そうだ。

四人は黙々と、素麺を啜りつづけた。

七

翌日、又七が椿の所在を突きとめてきた。

「でかした」

三左衛門は、心の底から賞賛のことばを発する。

「へへ、これほど真剣に人捜しをしたことはないね」

「それで、椿はどこにおる」

「麻布市兵衛町《あざぶいちべえちょう》の岡場所だよ」

三左衛門には耳馴染みの薄いところだが、周囲には大名の武家屋敷なども多く、勤番侍《きんばんざむらい》が足繁《あししげ》く通ってくる。そこなら、武家出身という肩書も効き目があると、又七は偉そうに説いた。

「本人に会えたのか」

「手持ちがなくて、顔は拝めなかった。けど、古手《ふるて》の女郎にちゃんと確かめたよ。売られてきたのは昨夕らしい」

「売ったのは、涅槃の岩吉だな」

「そうさ。上玉だからって、三十両も吹っかけてきたとか。いくらで売ったのか知らねえけど、麻布の伝五郎が買ったのは確かさ」

「なっ、麻布の伝五郎だと」

「そうさ。高利貸しから女郎屋まで、阿漕な商売なら何だってやる地廻りの親分さ。義兄さん、ご存じなのかい」

「いいや」

又七は口が軽いので、半四郎から聞いた座頭殺しの件は伏せておく。

「そう言えば、近くの南部坂下で座頭が殺《あや》められたらしいよ」

「ふうん」

とぼけてみせたが、又七は気に掛けない。

「死んだのは杉の市っていう金貸しでね、辻斬りか物盗りの仕業ってのがおおかたの見方だけど、おいらはそうじゃねえとおもう」

「どういうことだ」

「怪しいのは、麻布の伝五郎さ。金貸しのことで杉の市と揉めていたらしいからね」

　奇しくも、半四郎と同じ見方を披露する。

　三左衛門は、又七のことを少し見直した。

「よく調べたな」

「へへ、つぎは義兄さんの出番だよ。伝五郎はちょいと厄介な相手だけど、今から談判しにいってみるかい」

「そうだな」

　十手持ちの半四郎を連れていくべきだし、そうしたかったが、時が惜しいのでやめた。気ばかりが急いていたのだ。

「又七、南茅場町《みなみかやばちよう》の大番屋《おおばんや》までひとっ走り頼む。椿の居所を八尾さんに伝えてくれ」

「わかったけど、義兄さんは」

「ひと足さきに向かう」

「お気をつけて」

　又七を見送りがてら、三左衛門も部屋を出た。

　夕陽は大きく西にかたむき、遠くで鴉が鳴いている。

井戸端で遊んでいるおきちのもとへ歩みより、屈みこんで小さな肩を抱きよせた。

「おきち、父は出掛けてくる。もうすぐ、姉上が帰ってこよう。それまで、ひとりで遊んでいられるな」

「はい」

「ようし、良い子だ」

おきちのおかっぱ頭を撫で、どぶ板を踏みしめる。

木戸門を抜けると、ちょうどそこへ、おまつが帰ってきた。

「あら、おまえさん。お出掛けかい」

「ふむ。ちと、野暮用でな」

「晩ご飯は精のつくものだよ」

「まさか、鰻《うなぎ》ではなかろうな」

「あたり。仲人先で深川産《ふかがわさん》の大きいのをいただいてね。ほうら」

おまつが提《さ》げた鵜籠《うかご》のなかで、肥《こ》えた鰻が睨んでいる。

「おまえさん、鰻にゃ目がないだろう」

「明日にできぬのか」

「さあ、どうしよう。鰻にも鮮度ってものがあるからね」

「困ったな」

「それほど、だいじなご用なのかい」

三左衛門は溜息を吐いた。

「又七が人捜しをしていたのは知っておろう」

「聞いたよ。三春っていう娘の母親だろう」

「又七のやつ、みつけてきた」

「へえ、めずらしいこともあるもんだね」

「ところは麻布の市兵衛町だ」

おまつは、ぴくっと眉を吊りあげる。

「岡場所かい」

「ふむ。今からおもむき、抱え主と直談判しようとおもってな」

「それなら、わたしも連れてって」

「えっ」

「談判なら、お手のものだから」

「おきちはどうする」

「おすずがいるから大丈夫」

三左衛門はすかさず、鶉籠に目を落とす。

「鰻は」

「どうしよう。井戸にでも泳がしておこうか。うふふ、冗談だよ。おまえさん、ひとりで行ってきな。事情が事情だから、行き先が岡場所でも怒りゃしないよ」

「すまぬ」

「どうして謝るんだい。やましい気持ちがないなら、堂々と胸を張っておいきな」

勢いよく背中を押され、三左衛門は前のめりになる。

おまつの度量の大きさが、いつにもましてありがたい。

軽快に歩きはじめると、道のまんなかに長い影が伸びた。

辻のところで振りかえれば、おまつはまだ木戸脇にいる。

燧石《ひうちいし》を叩くまねをしながら、明るく送りだしてくれた。

八

麻布市兵衛町。

月の光も射さぬ入りくんだ谷間に、軒行灯が点々と灯っている。赤城明神の岡場所よりも、このあたりは一段と暗い。長屋風に並んだ狭い部屋は穴蔵のようで、欲に溺れた男と女が蛇《へび》のようにからみついていた。三左衛門は身じろぎもせず、闇に蠢《うごめ》く気配に耳をかたむけている。このなかに、椿はいるのだろうか。

薄汚い汗にまみれているすがたなど、想像したくもない。ひとりでやってきたことを後悔した。

気を取りなおし、穴蔵のひとつを覗いてみる。

寝息を立てていた女がむっくり起きあがり、板間の縁まで這《は》ってきた。

「おや、良い男じゃないか」

厚化粧の年増が、目脂《めやに》のついた顔を差しだす。

三左衛門は睫《まつげ》を伏せ、ぼそっと問うた。

「一朱ある。椿という女のことを教えてくれ」

「椿、知らないねえ」

「左の目許に泣き黒子のある女だ」

「ふん、いけすかねえ」

女郎は言いすて、奥へ引っこむ。

三左衛門はあきらめて外へ逃れ、空いている穴蔵を片っ端から訪ねた。

女たちの反応はいずれも同じで、邪険《じゃけん》にあしらわれた。

最後の相手に一朱払い、伝五郎の見世を教えてもらう。

教えられたとおり、武家地のなかを南へ三丁ほど歩き、飯倉片町《いいくらかたまち》の一画に出た。

界隈《かいわい》には大名の中屋敷や下屋敷が点在し、日が暮れれば中間部屋《ちゅうげんべや》は鉄火場《てっかば》と化す。辻斬り夜盗のたぐいも出没するところらしく、うろついているのは野良犬くらいのものだった。

伝五郎の見世はたいそう立派な構えで、大きな軒提灯のぶらさがった表口は開けはなたれていた。

わずかなためらいを振りきり、三左衛門は敷居をまたぐ。

若い衆がふたり、さっそく敵意の籠《こ》もった目を向けてきた。

「何だおめえは」

「伝五郎親分はいるかい」

「いねえよ」

「出掛けているなら、待たせてもらおう」

「用件を言いやがれ」

「人を捜している。親分が戻ってきたら、はなそう」

「今言うか、出ていくか、どっちかにしろ」

「捜しているのは、椿という女だ」

ふたりの若い衆は、意味ありげにうなずきあう。

椿を知っているのだ。

「喋ったぞ。待たせてもらうからな」

三左衛門は大小を帯から抜き、上がり框《がまち》の端に腰をおろす。

「邪魔なんだよ。出ていけ。さもねえと、痛《いて》え目に遭《あ》わせるぜ」

「ほう、やってみろ」

ひとりが奥へ引っこんだ。

用心棒でも連れてくるのか。

ふと、半四郎のことばをおもいだす。

座頭殺しをやらせたのが伝五郎だとすれば、手を下したのが用心棒である公算は大きい。

人殺しとご対面か。

迫る気配に身構えた。

目を向けた途端、三左衛門はことばを失う。

「……お、おぬしは」

沖本恭二だ。

四月前、一度だけ酒を呑んだ相手だが、顔をみれば、あのときのうらぶれた風体がまざまざと蘇《よみがえ》ってくる。

若い衆も驚いた。

「先生、お知りあいですかい」

沖本は表情も変えず、首を横に振った。

「いいや、知らぬ。誰かと勘違いしておるのだ」

「だったら、ちゃっちゃと追いだしてくだせえよ」

「承知した」

言うが早いか、沖本は刀を抜いた。

竹光ではない。二尺五寸の本身だ。

切っ先を鼻先に翳《かざ》され、仕方なく腰をあげる。

頭のなかが真っ白になり、良い考えも浮かんでこない。

「去れ。二度と敷居をまたぐな」

命じられるがままに、三左衛門は見世の外へ出た。

それでも未練があり、振りむいて声を張りあげる。

「わしは日本橋照降町の裏長屋に住む浅間三左衛門。だいじな用件があると、伝五郎に伝えてくれ」

「うるさい。野良犬のように吠えるでない」

沖本は言いすて、奥へ消えていく。

すっかり、人が変わってしまったようだ。

顔色もひどく、蠟《ろう》のように蒼白《あおじろ》かった。

他人の空似かもしれない。

何しろ、沖本の顔をみるまで、その顔すら忘れていたのだ。

いや、ちがう。

まちがいなく、あれは沖本だ。

顔をみた瞬間、三春のことをおもいだした。

沖本は三春の父親で、椿の夫なのだ。

沖本は、椿のことを知っているのだろうか。

あれほど再会を望んでいた妻は、伝五郎に身を売られようとしている。

気づかぬままで用心棒をやっているのなら、これ以上の悲劇はあるまい。

三左衛門は何度も、踵《きびす》を返そうとおもった。

しかし、何かがそれを阻む。

運命に逆らうような気がしていた。

再会したい気持ちが強ければ、かならず、沖本と椿は結びつく。

邪魔をしてはいけない。余計な邪魔をしてはいけない。

そうやって念じながら、さきほどの「穴蔵」まで戻ってきた。

何やら、騒いでいる客がいる。

「女郎め、わしに恥を搔かせたな」

喚《わめ》いているのは、若い勤番侍だ。かなり酔っている。

女はしたたかに撲《なぐ》られたのか、顔じゅう血だらけになり、地べたに這いつくばっていた。

「すみません、すみません」

ひたすら、謝りつづけている。

三左衛門は駆けより、止めにはいった。

「待て。何をしておる」

「うるさい、何じゃおぬしは」

「通りかかった者だ。莫迦なまねはやめろ」

「莫迦なまねとは何だ。いちもつが立たぬと笑われたのだぞ」

「どうする気だ」

「ふふ」

若侍は、かたわらに転がっている漬け物石に目をやった。

「あれで、女郎の頭をかち割ってくれよう。邪魔だていたせば、おぬしも同じ目に遭わせるぞ」

「やってみろ」

一歩踏みだしたところへ、背後から別の殺気が迫った。

「うっ」

振りむくや、白刃が鼻面《はなづら》を舐める。

すんでのところで躱《かわ》し、相手の顔を睨みつけた。

「……お、おぬしか」

沖本恭二だ。

背中を尾《つ》けてきたらしい。

「命が惜しくば、引っこんでおれ」

気迫に押され、脇へ避けた。

沖本は刀を納め、勤番侍と対峙《たいじ》する。

「三春藩馬廻り役、塚田弥平《つかだやへい》どのがご子息弥一郎《やいちろう》どのか」

「……な、何だと」

「父上とは旧知の仲だ。この顔におぼえがござろう」

「……も、もしや……ご、ご指南役」

「さよう。拙者の顔に免じて、矛《ほこ》をお納め願いたい」

「ひぇっ」

塚田弥一郎という若侍は仕舞いまで聞かず、脱兎のごとく逃げだす。

沖本は女郎を介抱《かいほう》して穴蔵へ返し、こちらへ近づいてきた。

ぺこりと頭をさげ、悲しげに笑う。

「浅間どの、申しわけない。数々のご無礼をお許しくだされ」

「わしのことを、おぼえておったのか」

「忘れようはずもない。この四月、再会できぬものかと、毎日毎晩祈っておった」

「さようか」

「伝五郎の手下のまえでは、ああするしかなかった。何せ、雇われの身ゆえ」

「ご推察いたす」

「塚田弥一郎には、藩の道場で手ほどきをしてやったことがござった。重臣の次男坊でありながら、むかしから素行《そこう》の芳《かんば》しくない若造でしてな」

「なるほど、そういうことですか」

「これも因縁かもしれぬ」

ぽつんとこぼれた台詞が、引っかかった。

「浅間どの、積もるはなしもござる。一献《いっこん》かたむけませぬか」

「ふむ。されど、急いでやらねばならぬことが」

椿のことを言いかけ、三左衛門はためらった。

九

ふたりは連れだち、辻を流していた風鈴蕎麦《そば》の屋台に腰を落ちつけた。

注文した冷や酒が出てくると、沖本はにんまりと笑う。

酒を満たしたぐい呑みをあげ、ふたりは再会を祝った。

沖本はぐい呑みを口に寄せるや、目を瞑《つむ》って一気に呷《あお》る。

「ぷふう、沁《し》みる。じつは、あの日以来、呑んでおらぬ。四月ぶりの酒でござる」

「えっ、まことか」

「浅間どのに諭《さと》されたことが胸に刺さった。もう一度しっかり生きてみようとおもい、酒断ちを誓ったのでござるよ」

驚いた。自分のことばが、これほど誰かに影響を与えていたのかとおもうと、感動すらおぼえる。

「ふふ、今日まで意志を貫いたが、浅間どのと再会できて禁を破った」

「申し訳ないことをした」

「とんでもない。そうしようと決めておったのだ。ささやかな夢を持たねば、女郎屋の用心棒などできやせぬ」

詳しく経緯《いきさつ》を聞けば、恥を忍んでむかしの伝手《つて》を頼り、用心棒の職にありついたのだという。

「二年半前、拙者はつまらぬ意地を張って役を解かれることとなり申した。酒席で重臣に内緒で『他流試合』をしてみぬかと誘われ、本来ならば禁じられているにもかかわらず、腰抜け呼ばわりされるのを嫌い、試合にのぞんだ。立ちあってみると相手は何段も格下で、苦もなく斥《しりぞ》けたものの、試合をおこなったことが表沙汰にされ、拙者は役を解かれたのだ」

それが罠だったと気づいたのは、一介の浪人になってからのことだ。

沖本の後任におさまったのは、禁を破るように仕向けた重臣の親戚にあたる人物であったという。

「証《あか》しはない。ただ、そっと教えてくれた知りあいは、拙者は罠に嵌められたのだとはっきり言った。罠を仕掛けた重臣というのが、塚田弥平にござるよ」

「塚田とは、さきほどの」

「いかにも。風の噂では、普請奉行《ふしんぶぎょう》から勘定奉行《かんじょう》に出世したと聞きました。素行の芳しくない次男坊がおっても、容易に揉み消しはできましょう」

「口惜《くちお》しくはないのでござるか」

「そんな気持ちも消え失せ申した。むかしを悔いても仕方がない」

どうにか生きのびるために、塚田弥平のもとへ面談を願いでたという。

「すると、用心棒の職は」

「さよう。塚田弥平は会ってくれなんだが、塚田家に仕える用人の紹介で今の職にありつきました。少しは同情したのか、それとも、むかしをほじくり返してほしくないのか、あるいは、さらなる恥辱を与えようとしたのか、塚田弥平の心情などわかりません。ともあれ、これで借りは返したぞと、用人には念を押されましてな」

鉄火場と化した三春藩の中間部屋を仕切っているのが伝五郎らしく、その関わりで口をきいてもらったのだろうと、沖本は自嘲《じちょう》する。

死んでも頼みたくない相手に頭を下げねばならぬほど、追いこまれていたのだ。

三左衛門は、心の片隅に潜む疑念を解きたい衝動に駆られた。

「沖本どの、ひとつお聞きしたいことがある」

「何でござろう」

「南部坂の下で、座頭がひとり殺されました」

「ええ、存じておりますよ」

「廻り方の同心に知りあいがおりましてな、伝五郎が座頭殺しをやらせたのではないかと疑っております」

　勘の良い沖本は、眸子を細めた。

「なるほど、拙者を疑っておいでか」

「いいや。事の真相を確かめたいだけだ」

　沖本は黙りこくり、やがて、沈黙を破った。

「浅間どの、拙者は殺めておらぬ。ただ、伝五郎親分と杉の市とか申す座頭が揉めていたのは確かだ」

「ほっといたしました。知りあいが申すには、財布が盗られていたので、物盗りの線も捨てきれぬとか」

「されど、用心棒の拙者に疑いが掛かるのは必定《ひつじょう》だな」

「ご案じめさるな。知りあいには、それとなく伝えておきます」

「申し訳ない。また、借りができた」

「お気になさるな」

　三左衛門にはもうひとつ、確かめておかねばならぬことがあった。

　椿のことだ。

　しかし、どうしても切りだせない。

「浅間どの、ご覧のとおり、今はしがない用心棒の身だが、それでも日銭はある。不思議と心に余裕が生まれ、あれこれしたいことを考えるようになった。つまるところ、妻と娘に再会したい。それが唯一の願いでござる。拙者は、娘の笑う顔をもう一度みてみたい」

「みるだけか」

「えっ」

「まんがいち再会できたら、いっしょに暮らす気はないのか」

「わからぬ。再会したとき、自分がどうなってしまうのか、想像もできぬ。されど、まとまった金さえあれば、妻と娘に許してもらえるかもしれぬ。許してさえもらえれば」

沖本は悲しげに首を振り、ぐい呑みをかたむけた。

かたむけた途端に激しく咳《せ》きこみ、その場にへたりこんでしまう。

「沖本どの、どうなされた。大丈夫か」

肩を起こそうとするや、沖本は大量の血を吐いた。

弱々しく微笑み、顔をそむける。

「……す、すまぬ。労咳《ろうがい》ゆえ、放っておいてくだされ」

「そうはいかぬ。医者に診《み》せねば」

「いいえ、よいのでござる」

「何がよいのだ」

「おそらく、三月《みつき》と保ちますまい」

「何だと。弱気なことを申すでない」

「自分のことはよくわかっております。わかっておるがゆえに、残された月日を意味のあるものにしたい」

「莫迦者」

叱りつけながらも、三左衛門には沖本の気持ちが痛いほどわかった。

悲運にさらされた男が、最後の命を燃やそうとしているのだ。

その気高い意志に感銘を受けない者があろうか。

夢をかなえてやりたいと、三左衛門はおもった。

「沖本どの、教えてほしい。おぬしの妻と娘の名を」

「……っ、椿と三春でござる」

沖本は震える声で、ふたりの名を漏らす。

「さようか、さようか」

三左衛門は、何度もうなずいた。

だが、岡場所の女郎に堕ちた妻のことを伝えることはできなかった。

十

悩みを抱えて照降町へ戻ってみると、おまつが首を長くして待っていた。

「おまえさん、たいへんだよ」

「どうした」

「又七から連絡《つなぎ》があってね、つい今し方、麻布の市兵衛町から足抜けしたお女郎がいるらしいんだ。ひょっとしたら、椿さんかもしれないよ」

沖本と再会を懐かしんでいるあいだの出来事だ。

「それで、又七は」

「わからない。でも、たぶん、行き先は本所のろくろ店だとおもう」

おまつの言うとおりだ。

ひとり残した娘のことが心配で、矢《や》も楯《たて》もたまらず足抜けしたのだとしたら、母親がまっさきに向かうのは、娘と住んでいたところしかない。

又七は大番屋で半四郎に会えなかったらしい。ことづてを残し、三左衛門のあとを追いかけ、市兵衛店に向かったのだ。そこで足抜け女郎のことを知った。ろくろ店に向かったとすれば、追っ手とかち合う怖れもある。

「おまえさん、厭《いや》な予感がするよ。又七を助けてやって」

「わかった」

三左衛門は焦る気持ちを抑え、月明かりの下を走りだす。

すでに、亥ノ刻は近い。

芳町《よしちょう》の辻で駕籠《かご》をみつけ、暇そうな駕籠かきどもに声を掛けた。

「酒手《さかて》をはずむ。向両国《むこうりょうごく》まで突っ走ってくれ」

「合点でい」

駕籠かきどもは張りきって棒を担ぎ、鳴きを入れながら猛然と駆けつづける。

「あんほう、あんほう」

町木戸の閉まらぬまえに大路へ躍りだし、まっすぐ両国広小路を抜けて大橋を渡りきった。

回向院の杜《もり》を左手に眺めつつ、竪川《たてかわ》沿いの相生町《あいおいちょう》へ向かう。

何かに吸いよせられるように、裏長屋へたどりついた。

駕籠を降りる。

木戸脇の自身番《じしんばん》は蛻《もぬけ》の殻《から》、木戸番の親爺は眠そうな目を擦《こす》っていた。

三左衛門は駆けより、怒ったように尋ねた。

「すまぬ、ここはろくろ店か」

「えっ、あ、そうですけど」

木戸の向こうが騒がしい。

「何があった」

「足抜け女郎が逃げてまいりましてね、そいつを追っかけてきた強面《こわもて》の連中が暴れまわって、女を助けようとした若い男をぶち殺しちまったんです」

「何だと」

「本所廻りの旦那がみえて、検屍をしているところですよ」

三左衛門は頰を強張《こわば》らせ、人だかりのほうへ駆けていった。

「退《ど》け、退いてくれ」

人垣を掻きわけ、薄汚い部屋に踏みこむ。

「何だおめえは」

こちらを睨む白髪《しらが》の同心には、みおぼえがあった。

荒木平太夫だ。

文治《ぶんじ》という手下の岡っ引きもいる。

板間のうえには、頭をかち割られた男が俯せに倒れていた。

「……ま、又七」

三左衛門は声を震わせ、屍骸《むくろ》のほうへ近づく。

「おい、待て。あっ、てめえ、みたことがあるぞ」

「黙れ」

「何だと、この」

十手《じって》を抜いた荒木の腹に当て身を食わす。

「ぬぐっ」

くずおれる同心の背後で、岡っ引きは棒のように固まった。

三左衛門が鬼にみえたのだ。

「あっ」

屍骸の横顔をみて、力が抜けた。

又七ではない。

見知らぬ男だ。

「義兄さん、そのひとは錺職《かざりしょく》の七助《しちすけ》さんだよ」

その声に振りむくと、人垣のまえに又七が立っている。

「おまえ、生きておったのか」

「あたりめえだ。同じ七のつく七助さんに災難が降りかかった。殺ったのは岩吉んところの若い衆頭さ」

たしか、名は佐平次といったか。

頬に刀傷のある男だ。

「麻布の伝五郎から、岩吉に一報がはいった。それで、佐平次が動いたのさ」

「椿はどこにおる」

「岩吉のところだよ。助けにいくのかい」

「あたりまえだ」

部屋から出かけたところへ、掠《かす》れた声が掛かった。

「あんた、照降長屋の浅間三左衛門だろう」

文治だ。

蛇のような目で睨みつける。

「こんなことをして、ただで済むとおもってんのかい」

「こんなこととは何だ」

文治は、昏倒《こんとう》した荒木のほうへ顎をしゃくる。

「荒木の旦那は執念深《ぶけ》えぜ。どっちにしろ、岩吉のところにゃ行かねえほうがいい」

「どうして」

「後悔することになる」

「七助を殺ったのは、若い衆頭の佐平次だ。そいつは、長屋のみんなが知っている。岩吉に言い逃れはできまい」

「いいや、佐平次は殺ってねえ」

「何だと」

「長屋の連中に聞いてみな。誰ひとり、みた者はいねえさ」

三左衛門は振りむき、人垣を睨みつける。

誰もが俯《うつむ》き、顔をあげようとする者もいない。

「ほらな、又七って若造が嘘を吐いているのさ」

「嘘じゃねえぞ。ここにいる連中はみんな、騒ぎをみていたはずだ。十手のご威光ってやつに逆らえねえだけさ」

又七に痛いところをつかれ、文治が拳《こぶし》を振りあげる。

「こんにゃろ。てめえ、ただじゃおかねえぞ」

「黙れ」

三左衛門は、ずいと文治に身を寄せた。

「そいつはわしの義弟だ。嘘を吐くような男ではない。それ以上、義弟を莫迦にするようなら、おぬしの舌を抜いてやる」

「ふん、できんのけえ」

「そいっ」

三左衛門は目にも留まらぬ迅《はや》さで脇差を抜き、文治の髷を天井に飛ばした。

「ひぇっ」

短い悲鳴を背中で聞き、又七をともなって部屋を出る。

「ざまあみやがれ」

又七は得意気に、肩で風を切って歩きだす。

長屋の連中は道を空け、ふたりを木戸まで見送った。

なかには、両手を合わせる物売りの老婆もいる。

「わたしら、岩吉のやつに、さんざいじめられてきた。あんたら、頼むよ。岩吉と佐平次のやつを懲《こ》らしめておくれ」

老婆の気持ちが長屋のみんなのおもいだと信じたい。

もちろん、頼まれずとも、やることはきまっている。

「又七、覚悟はよいか」

「へへ、あたりめえだろう」

へなちょこの義弟が、心強い助っ人にみえる。

照降長屋へ戻ったら、おまつに自慢してやろうと、三左衛門はおもった。

十一

岩吉のもとへ向かう途中で、面を紅潮させた初老の男と遭遇《そうぐう》した。

「あっ、ろくろ店の大家だ」

又七の台詞に反応し、大家の惣兵衛《そうべえ》が足を止める。

三左衛門は大股で歩みより、ぎこちなく胸を張った茄子顔《なすがお》の男と対峙した。

「おぬし、椿を嵌めたのか」

「な、何だあんたは」

「わしは浅間三左衛門、椿とは浅からぬ因縁でな。正直に喋るというなら、命だけは助けてやる」

「くけけ、浪人風情《ふぜい》に何ができる。こっちにゃ本所廻りがついてるんだ。わたしに手を出したら、莫迦をみるぞ」

「そうかい」

三左衛門は身を寄せ、片手で惣兵衛の襟《えり》を捻りあげた。

「くっ……は、放せ」

「喋る気がなければ、のどを締めあげてやる」

「……わ、わかった」

手を放すと、惣兵衛は地べたにへたりこむ。

「仕方なかったんだ」

茄子顔の大家から発せられた内容は、じつに身勝手なものだった。

惣兵衛は岩吉に誘われ、丁半博打にのめりこんだ。大家株までカタに入れて借金を重ね、それでも足りなくなると、家賃を滞納している店子に目をつけた。なかでも、身売りのできそうな椿は恰好《かっこう》の獲物だった。

「つまり、自分のやったことの尻拭《しりぬぐ》いに、椿を使ったわけだな」

「堪忍してくれ。でも、悪いのは岩吉だ。わたしだって、岩吉に嵌められたのだ」

「そいつは、本人のまえで言ってもらおう」

三左衛門は惣兵衛の首根っこを摑み、岩吉の屋敷へやってきた。

楼閣風の建物からは、女たちの嬌声《きょうせい》が聞こえてくる。

三左衛門はためらいもせず、敷居をまたいだ。

見知った顔の若い衆が、口を尖らせる。

「何だおめえは。ん、みた顔だぞ」

「岩吉を出せ」

「あんだと」

声を荒らげる若い衆の鼻先に、髪の乱れた惣兵衛を突きだす。

「うえっ、ろくろ店の大家じゃねえか」

奥へ呼びにいかずとも、強面の連中が向こうからあらわれた。

中心には頰傷の佐平次がおり、背後には肥えた五十男が控えている。

「おぬしが岩吉か。間抜け面だな」

「この野郎」

佐平次が木刀を掲げ、上段から振りおろしてくる。

三左衛門はすっと躱し、水も溜まらぬ勢いで脇差を抜いた。

容赦はない。

「ぬぎゃっ」

抜き際の一刀で、右小手《みぎこて》を落とす。

木刀を握った手が表口まで飛んだ。

「ひぇええ」

佐平次は仰《の》け反《ぞ》りながら血を撒きちらし、板間のうえに転がった。

若い衆は逃げまわり、岩吉は腰を抜かしている。

三左衛門は板間にあがり、悪党の顔を土足で蹴りつけた。

「ろくろ店の大家に悪事のからくりは聞いた。椿を連れてこい。さもなければ、鼻を殺《そ》ぐぞ」

血の滴った刃の先端を鼻面に翳すと、岩吉は小便を漏らした。

手下のひとりが奥へ走り、脅えきった女を連れてくる。

椿だ。

左の目許に泣き黒子がある。

椿は血だらけの惨状を眺め、はっと息を呑んだ。

ひどく折檻《せっかん》されたのか、瞼《まぶた》を腫《は》らしている。

「又七」

「合点」

三左衛門に命じられ、又七は椿のそばに近づいた。

「可哀相《かわいそう》に。ひでえ目に遭ったな」

上着を肩から掛けてもらい、椿は血の気の失せた唇《くち》もとを震わせる。

半信半疑ながらも、助けられたことがわかったのだ。

「……あ、あの。どちらさまで」

「沖本恭二どのの知りあいだ」

「……お、沖本の」

「さよう。縁あって、助けにまいった。娘御も無事だ。こちらで預かっておる」

「えっ、三春が。三春が生きているのですか」

「ふむ。母を捜して、照降町の裏長屋へ迷いこんできた。娘は『赤城明神へ行く』と言った母の台詞をちゃんとおぼえておったぞ」

「……そ、そうでしたが。あの三春が」

「しっかりした娘御だ。今も母の帰りをちゃんと待っておる」

「……あ、ありがとうございます」

泣きくずれる椿を、又七が抱きおこす。

「さあ、行こう。こんな血腥《ちなまぐせ》えところとはおさらばだ」

表口が騒々しい。

押しよせてきたのは捕り方だ。

「本所廻りか」

三左衛門は身構えた。

のっそりあらわれた大柄の同心は、八尾半四郎にほかならない。

「八尾さん」

「おっと、すまねえ、遅くなった。それにしても、人騒がせなおひとだぜ」

「申し訳ない」

「なあに、謝ることはねえ。本所一の悪党を捕まえようってんだからな」

「本所廻りには何と」

「悪党を捕まえるのに、縄張りも糸瓜《へちま》もねえさ。荒木のやつが捻《ね》じこんできたら、お白洲《しらす》で白黒つけようと言ってやる。やつらだって痛え腹を探られたくねえはずだし、浅間さんにご迷惑は掛けねえよ」

胸を張って応じる半四郎が、いつにもまして頼もしく感じられた。

「さあ、悪党どもを踏《ふ》ん縛《じば》れ」

号令一下、捕り方が狭い部屋に飛びこんでくる。

三左衛門は椿をともなって外に逃れ、月明かりに照らされた楼閣から離れていった。

十二

翌朝、下谷同朋町の半兵衛邸で、椿と三春は再会を果たした。

泣きながら抱きあう母と娘のすがたは、みる者の涙を誘った。

又七は声をあげて泣き、おつやは別れが辛いのか、奥から出てこようとしない。

半兵衛は顔をくしゃくしゃにして涙を流し、泣き終えた顔は生気が抜けた枯れ木のようにみえた。

「おつやともども、短い夢をみさせてもらった」

半兵衛やおつやの嘆きは椿を困惑させたが、三春は「また遊びに来るから」と子どもながらに気遣いをみせ、周囲に笑いをもたらした。

ふたりはろくろ店へは戻らず、当面は照降長屋の空き部屋で暮らす。

世話好きな連中ばかりだし、長屋には人情が溢れているので、母と娘はすぐに馴染んでくれるだろう。おすずやおきちもいるので、三春が淋しがることはあるまい。

遅い朝餉《あさげ》を食べてから、半兵衛やおつやと別れを告げた。

みなで日本橋照降町の裏長屋へ戻り、腰を落ちつけたところで、三左衛門は椿を長屋の近くにある稲荷明神《いなりみょうじん》へ誘った。

「いろいろあって、疲れたであろう」

「いいえ。こうして、生きているだけでもめっけものです」

ふたりの背には御堂があり、御堂のなかには白い狐《きつね》が鎮座《ちんざ》している。

椿が目を留めたのは、御堂を覆《おお》うように茂った樹木であった。

「あれは椿ですね」

「さよう。春も終わりに近づくと、御堂のまわりは落ちた椿の花で埋めつくされる」

「不思議ですよね。落ちた花はみな、上を向いている。わたしの父は禄高の少ない下士でしたが、狭い庭は椿の樹で埋めつくされておりました」

両親はもう何年もまえに亡くなったが、一人娘にその名を付けるほど椿が好きだったらしい。

「父には、どんなに辛いことがあっても、気高く生きよと教わりました。落ちても上を向く椿の花のように、凛として生きよと。だから、わたしはへこたれない。どんなことがあっても生きぬいてみせると、みずからに言い聞かせてきたのです」

沖本と逢ったときに聞かされたはなしと同じだ。椿は騙されて岡場所に売られても、けっして人生をあきらめなかった。足抜けまでして、最愛の娘に逢おうとしたのだ。

言いにくいはなしだが、沖本恭二とのことを確かめておかねばならない。

三左衛門が沖本と出会った経緯を偽りなく伝えると、椿は瞬《まばた》きもせずに聞き終え、小さく溜息を吐いた。

「椿どの、沖本どのは再会したがっておられる。一方で、それはかなわぬ夢だとも言われた。自分は情けない男だ。捨てられて当然だし、妻と娘に逢う資格もない。涙を浮かべながら、あきらめたようにそう言った」

椿はじっと耳をかたむけ、胸の裡《うち》を吐露《とろ》しはじめる。

「ほんとうは、別れたくなかった。いくら撲られても、蹴られてもよかったのです。でも、娘の悲しむ顔がみたくなかった。どんなに幼くとも、子どもにはわかるのです。父親が自分を見失っていくすがたを悲しみ、憐れむ心を持っているのです。わたくしは娘に、父をそんなふうにおもってほしくなかった。父には、あくまでも気高くあってほしい。貧しくとも、苦しくとも、胸を張って堂々と生きてほしい。そう願って、わたくしは別れようと決めたのです」

椿は目に涙を溜め、血を吐くように訴える。

「でも、ほんとうは別れたくなかった。あのひとに優しい心を取りもどしてほしかったのです。もう少し待ってあげられたらよかったのにと、別れてからはいつも悔いておりました。あのひととまた暮らすことができたら、どんなに幸せなことか」

三左衛門は迷いつつも、心を決めて告げた。

「沖本どのは重い病に罹《かか》っておる。ご存じか」

「いいえ」

「血を吐いた。労咳らしい」

「……ま、まことですか」

椿は膝をがくがくさせ、その場に蹲《うずくま》ってしまう。

「すまぬ。これだけは伝えておかねばとおもってな」

「……か、かたじけのうございます」

「平気か」

「……は、はい」

椿は立ちあがり、気丈な目を向けてくる。

三左衛門はうなずき、わずかに睫を伏せた。

「沖本どのは死期が近いと仰った」

「まことに、そう言ったのですか」

「ふむ」

「あのひとが死ぬなんて、信じられませぬ」

「わしも信じたくはない。されど、再会するつもりなら、また別れねばならぬ覚悟がいる。こんどは永遠《とわ》の別れだ。その覚悟があるなら」

「かまいませぬ」

椿は、きっぱり言いきる。

「たとい、短いあいだでも、再会し、三人で暮らしたい。あのひとが逝《い》ってしまっても、神仏を恨《うら》んだりはしませぬ」

凛とみつめる眼差しが、きらきら輝いている。

美しいおなごだと、三左衛門はあらためておもった。

「承知した。お気持ちを伝えよう」

「ありがとう存じます」

「ただし、最後の最後で、沖本どのが尻込みをするやもしれぬ。再会することに躊躇《ちゅうちょ》しておられたからな。万が一説得できぬときは、まことに申し訳ないが、あきらめてもらうしかない。それでも、よろしいか」

「なにとぞ、よろしくお願い申しあげます」

三左衛門は力強くうなずいたが、重荷を背負わされたような気分だった。

それから夕刻までのひとときを、椿と三春は母娘水入らずで過ごした。

日も沈みかけたころ、髪結いの仙三が禍々《まがまが》しい伝言を携えてきた。

「八尾さまからで。座頭殺しの下手人《げしゅにん》が捕まりやした」

半四郎に捕まえられたのは、麻布の伝五郎に飼われていた用心棒だという。

――沖本恭二。

という名を聞き、心ノ臓が飛びだしかけた。

「まことか、それは」

「嘘じゃござんせん。なにせ、殺しをみた者がおりやしてね」

「誰だそれは」

「三春藩の藩士で、塚田弥一郎とかいう若侍だとか」

「げっ」

「塚田弥一郎の父親は、三春藩の勘定奉行だそうで。こいつは動かせねえ証言だと、八尾さまも仰いやした。用心棒は伝五郎に命じられて、邪魔者の杉の市を消したにちげえねえ。どっちにしろ、沖本とかいう用心棒を責めたてれば、殺しの筋はみえてくるってなわけで……あれ、浅間さま、どうかなされやしたかい。

額《ひたい》に玉の汗が浮かんでおりやすよ」

三左衛門は気を取りなおし、仙三に糾《ただ》した。

「沖本恭二は今、どこにおる」

「たぶん、南茅場町の大番屋でさあ」

「ふうむ」

塚田弥一郎という名を聞いた瞬間、三左衛門にはぴんとくるものがあった。

おそらく、沖本はまた嵌められたのだ。

塚田父子が座頭殺しに関わっている公算は大きい。

沖本は殺しに関わっていない。いくら責めても、何ひとつ吐くまい。ひょっとすると、それが悪党どもの狙いかもしれなかった。伝五郎も裏でつるんでいるのだ。悪党どもに不都合なことが起き、殺しの罪を誰かに擦《なす》りつけねばならなくなった。

そこで、沖本に白羽の矢が立てられたのかもしれない。

「仙三よ、八尾さんに伝えてくれ。一刻の猶予をくれとな」

「どういうことです」

「座頭殺しの下手人は別にいる。その証しを立ててみせるゆえ、沖本恭二への責め苦は待ってほしいと伝えてくれ」

仙三は首を捻る。

「わからねえな。沖本恭二ってな、何者なので」

「椿の亭主だ」

「えっ、岩吉に騙されたおひとの」

「さよう、別れた亭主だ。二年半前まで、三春藩の剣術指南役をつとめておられた。塚田弥平の仕掛けた罠に掛かり、沖本どのは藩を逐われたのだ。こんどもまた、同じことが繰りかえされようとしている」

「でも、いってえ、どうやって無実の証しを立てなさるので」

「策はない。正面から敵に当たるしかあるまい」

「承知しやした。そっくりそのまんま、八尾さまにお伝えしときやす」

「頼んだぞ」

三左衛門は仙三を送りだし、やおら腰をあげた。

十三

それから数日のあいだ、三左衛門は又七と交替で塚田弥一郎を見張った。

弥一郎は飯倉の狸穴坂《まみあなざか》の藩邸内に閉じこもったきり、いっこうにすがたをみせない。

ただ、身についた悪癖は直しようもないことを、三左衛門は知っていた。

「ああした手合いは、かならず、巣穴に戻ってくる」

弥一郎にとって、巣穴とは麻布市兵衛町の岡場所にほかならない。

「きっと来るさ」

今宵あたりが怪しいと踏んだ三日目の晩、弥一郎がひょっこり岡場所へあらわれた。

月の無い夜を選んでくるあたりは、小心者の証しだろう。

弥一郎は頭巾《ずきん》をかぶっていたが、からだつきまで変えることはできなかった。

ゆえに、三左衛門はすぐに見破った。

「義兄さん、女郎としけこむ前と後、どっちでやる」

「そうだな、しけこむ前にしよう」

頼り甲斐のある相棒になった義弟を、三左衛門は眩《まぶ》しげにみた。

「だったら、善は急げだ」

又七は客引きに化け、小便臭い露地をうろつく弥一郎に近づいた。

「ちょいと旦那。いい娘がおりやすぜ。へへ、お安くしときやす。ひと切り二百文でいかがです」

「ふん、どうせ、歯抜けの婆さまであろう」

「とんでもない。二十歳手前の上玉でやすよ。しかも、武家の出ときてる。借金のカタに取られた哀れな娘でね、旦那の手管で可愛がっておくんなさい」

「よし、みるだけみてやろう」

又七は弥一郎の袖を引き、まんまとこちらへ誘ってくる。

三左衛門は物陰に隠れ、じっと待ちかまえた。

「さあ、そこでやす。辻を曲がったところに、上玉が隠れておりやすよ」

「ん、どこだ」

頭巾を取った間抜け面が、ぬっと差しだされてきた。

「ふおっ」

三左衛門は苦もなく当て身を食わせ、弥一郎をその場に昏倒させる。

あとは段取りどおり、すぐそばの不動院《ふどういん》まで父親を呼びよせればよい。

「頼んだぞ」

使いは又七がやる。

門番に告げても門前払いされるだけなので、父親の塚田弥平と通じているであろう伝五郎に仲介させた。

役目を終えた又七が不動院に戻ってきたのは、半刻のちのことだ。

伝五郎は塚田弥一郎が拐《かどわ》かされたと聞き、ひどくうろたえたという。

すぐさま、若い衆を愛宕下大名小路にある三春藩の上屋敷へ走らせた。

あらかじめ、父は上屋敷、次男坊は飯倉の狸穴坂の下屋敷で暮らしていることは調べていたので、敵のとった行動は予想どおりだった。

さらに一刻ほど経ち、日付も変わったころ。

怪しげな頭巾侍がひとり、不動院の境内《けいだい》までやってきた。
——大きな欅《けやき》の下で待つ。
と伝えてあったので、まちがいなく、敵であった。
だが、還暦《かんれき》を過ぎた塚田弥平でないことは、風体《ふうてい》ですぐにわかった。
「刺客《しかく》を寄こしたか」
大小を閂《かんぬき》差《ざ》しにした頭巾侍は、隙のない物腰で近づいてくる。
細身だが丈《たけ》は六尺近くもあり、自信満々といった風情だ。
頭巾侍の背後には、小悪党どもの影もちらついていた。
おおかた、伝五郎が寄こした手下どもであろう。
束になって掛かってくる気はなさそうだ。
首尾《しゅび》を見届けにきたらしい。
ともあれ、刺客がひとりで来るとはおもわなかった。
力量に自信があり、塚田弥平の信頼も厚いのだろう。
頭巾侍は七間まで迫り、紺足袋《こんたび》の足をぴたりと止めた。
「鬱陶しいな」
頭巾をかなぐり捨て、薄闇に顔をさらす。

「どうせ、おぬしは死に行く身。面が割れたところで支障《ししょう》はない」

「たいした自信だな」

「うだうだはなしあっている暇はない。塚田弥一郎を出せ」

三左衛門は横を向き、ぴっと指笛を吹いた。

欅の木陰から、ふたりの人影が抜けだしてくる。

ひとりは又七、もうひとりは後ろ手に縛られた弥一郎だ。

弥一郎は刺客を目敏《めざと》くみつけ、その名を口走った。

「あっ、鳥飼玄蕃《とりかいげんば》どの」

名を呼ばれた鳥飼は苦笑し、横を向いて唾《つば》を吐く。

三左衛門は嘲笑《あざわら》った。

「ふうん、鳥飼玄蕃と申すのか」

応じたのは、阿呆《あほう》な弥一郎だった。

「痩せ浪人め、もはや、おぬしに勝ち目はないぞ。そちらはな、三春藩五万石の御手直《おてなお》し役どのだ」

「ほう、剣術指南役みずからのお出ましとは恐れ入《い》った」

「ほへへ、必殺技は直心影流《じきしんかげりゅう》の神妙剣《しんみょうけん》よ。おぬしは瞬時に屍骸となる。それが厭なら、この縄を解け」

「五月蠅《うるさ》い蝿《はえ》だな。又七、そいつの口をふさいでおけ」

「合点」

弥一郎は猿轡《さるぐつわ》をかまされ、手足をじたばたさせる。

鳥飼は怒りに震えていたが、どうにか落ちつきを取りもどした。

「おぬし、名は」

「浅間三左衛門」

「狙いは、金か」

「いいや、塚田弥平の出方を見極めたかった」

「どういうことだ」

「座頭殺しさ。若造が正直に吐いたぞ。酔った勢いで殺ったのだとな。沖本恭二に濡《ぬ》れ衣《ぎぬ》を着せるべく、勘定奉行でもある父親が悪党の伝五郎と謀《はか》って罠を仕掛けた。そうした筋も聞いた」

「ふん、それがどうした」

「沖本恭二の名を聞いても驚かぬとはな。おぬし、裏の筋を知っておるのか」

「知らずに来るほど、お人好しではない。わしはそいつの父親に借りがある。何せ、沖本を蹴落として、今の地位に就《つ》けてもらったのだからな。されど、わしの望みにはまださきがある。今以上の出世を遂げるためには、一刻も早く借りを返しておくにかぎるのさ」

「なるほど、おぬしも塚田父子や伝五郎と同じ穴の狢《むじな》というわけか」

「どうとでもおもえ」

鳥飼玄蕃は腰を落とし、ずらっと刀を抜いた。

「待て」

三左衛門は掌《てのひら》を翳す。

「こっちには人質がおる。尋常の勝負を受けるとおもうのか」

「人質とは弥一郎のことか。ぬはは、斬りたければ勝手に斬るがよい。わしはな、証しを欠片《かけら》も残すなと命じられてきたのだ。塚田家にとって、はみ出し者の次男坊はお荷物なのさ。死んでくれれば儲《もう》けものというわけだ」

「親に見放されたか。哀れなものよ」

「喋りは仕舞いだ。まいるぞ」

「よかろう」

鳥飼は下段青眼《せいがん》から切っ先を動かし、撃尺《げきしゃく》の間合いを踏みこえてくる。

「ぬはっ」

突きがきた。

直心影流の伝書に「泥牛鉄山《どろうしてつざん》を破る」と喩《たと》えられる「鉄破《てつぱ》」の突きだ。

これを躱すと、片手持ちの逆袈裟を狙ってくる。

「ふえっ」

三左衛門は一間近くも飛び退き、前屈みに身構えた。

相手は下段青眼に構えなおし、顔に警戒の色を浮かべる。

「おぬし、なぜ、抜かぬ。躱してばかりいても、わしは斃《たお》せぬぞ」

「太刀筋を見極めておった。即席の指南役だけあって、つけいる隙はありそうだ」

「何だと」

「直心影流の必殺技は、不動の構えから繰りだす神妙剣。左足を踏みこみ、こちらの動きを封じたうえで、乾坤一擲《けんこんいってき》の二段突きを繰りだす技だ。すまぬが、わしに神妙剣は通じぬ」

「誘っておるのか。ふん、強がりもほどほどにせい。おぬしのごときうらなりに、この鳥飼玄蕃が斃せるはずはない。覚悟せい」

鳥飼は身を屈め、だっと踏みこんでくる。

その瞬間、弥一郎が叫んだ。

「泥牛め、敗《やぶ》れろ」

又七が絶妙の間合いで、猿轡を解いたのだ。

「なっ」

鳥飼の気が洩《も》れた。

それでも、刀を右脇に立て、不動の構えから二段突きを仕掛けてくる。

「ぬりゃ……っ」

刹那《せつな》、三左衛門は一尺五寸に満たない脇差を抜いた。

「えっ」

驚く鳥飼の切っ先を弾き、峰に沿って脇差の刃を滑らせる。

濤瀾《とうらん》刃《ば》の刃文《はもん》が鈍く光った。

名匠の手で鍛《きた》えられた「葵下坂《あおいしもさか》」と称する業物《わざもの》だ。

三日月《みかづき》の刃は鍔を掠め、弧《こ》を描きながら肉に食いこむ。

「びぇっ」

鳥飼の喉笛《のどぶえ》が、ぱっくりひらいた。

――ぶしゅっ。

血飛沫《ちしぶき》がほとばしる。

弥一郎も又七も凍りついた。

後ろで固唾《かたず》を呑んでいた連中の影は、潮が退くように消えていく。

「莫迦め」

三左衛門は血振りを済ませ、短い鞘に刃を納めた。

十四

塚田弥一郎の証言によって、父弥平の目論見《もくろみ》は脆《もろ》くもくずれた。

座頭殺しの下手人として捕まった弥一郎は斬首、裏工作をおこなった麻布の伝五郎も斬首の沙汰を待つばかりとなり、保身のために姑息《こそく》な筋書きを描いた塚田弥平は三春藩の法度《はっと》によって裁かれることとなった。息子を見殺しにした罪も合わせ、切腹の沙汰が下されるであろう。おそらく、塚田家は断絶を免れまい。

一方、濡れ衣を着せられた沖本恭二の疑いは晴れた。

解きはなちは、夏越《なごし》の祓《はら》いがおこなわれる晦日《みそか》の朝とされた。

三左衛門は又七ひとりをともない、南茅場町の大番屋へおもむいた。

表口の脇には、沙羅《しゃら》の花が咲いている。

夏椿とも称する白い五弁の花は、しっとりと清らかな妻女のすがたを連想させた。

しばらく待っていると板戸が開き、絽羽織《ろばおり》の半四郎につづいて、頬髭《ほおひげ》の伸びた沖本恭二があらわれる。

三左衛門のすがたを目敏くみつけ、沖本はにっこり笑いかけてきた。

「浅間どの、八尾さまにお聞きしました。拙者がこうして生きていられるのは、すべて貴殿のおかげでござる」

「何の。それより、腹が減ったでしょう。家内が祝いの手料理を作っておりましてな。よろしければ、ごいっしょ願えませぬか」

「あ、いや、せっかくだが遠慮しておこう」

「えっ、どうして」

「申し訳ない。拙者のごとき疫病神《やくびょうがみ》がお邪魔したら、ご家族に災いをもたらすやもしれぬ」

「何を莫迦なことを。のう、又七」

水を向けても、又七は黙っている。

三左衛門は、ほんとうのことを言うべきだとおもいなおした。

「沖本どの、じつは事情があってな、どうあってもお越し願いたいのだ」

「いったい、どのような事情でござろう」

「察してほしい」

「えっ」

「妻子が待っておる」

沖本はことばを失い、石のように固まった。

「無理だ」

やっとのことで、それだけ吐きだす。

半四郎も又七も、ことばを継《つ》ぐことができない。

妻子と再会するかどうかは、本人の決めることだ。

三左衛門は気を取りなおし、必死の形相《ぎようそう》で懇願《こんがん》する。

「沖本どの、わしは椿どのと約束した。夫に逢わせてやると約束したのだ。頼む。顔を立ててくれぬか」

「すまぬが、できぬ。どの面さげて、逢いにいけばよいのだ」

「その面だ。堂々と胸を張っていけばよい」

「いいや、できぬ」

沖本は頑《かたく》なに拒《こば》み、背中を向けようとする。

それでも、三左衛門はあきらめきれなかった。

「待ってくれ。椿どのは悪党どもに騙され、身を売ったのだ。最初は、おぬしに顔向けできぬと嘆いておられた。それでも、逢いたい。一目だけでも逢いたい。娘にも逢わせてやりたいと、わしの袖に縋《すが》って泣いた。その気持ちを汲めぬと申すなら、これ以上は何も言わぬ。勝手にすればいい」

長い沈黙ののち、三左衛門は優しく諭す。

「四つの娘はな、父の折った折り鶴をだいじに携えておったのだぞ。娘は優しい父をおぼえておる。逢ってやれ。それが、おぬしのつとめだ」

沖本は肩を震わせ、嗚咽を漏らす。

三左衛門が促《うなが》すと、こちらに顔を向けた。

「……あ、浅間どの、わしは怖い」

最愛の相手に拒まれるのが怖いのだ。

「案ずるな。妻と娘が受けいれてくれるかどうか、自分の目で確かめてみろ」

沖本は力無くうなずき、三左衛門の背中につづいた。

鎧《よろい》の渡《わた》しで小舟に乗り、日本橋川を横切っていく。

水鳥が遊ぶ様子も、沖本の目には映っておるまい。

思案橋《しあんばし》までの短いあいだが、途方もなく長いものに感じられた。

桟橋《さんばし》から陸《おか》へあがり、夏薊《なつあざみ》の咲く道をしばらく歩きつづける。

気づいてみれば、照降長屋の木戸が目と鼻のさきにあった。

「さあ、まいろう」

三左衛門に促され、長屋に一歩踏みこむや、沖本は息を呑んだ。

住人たちがひとり残らず姿をみせ、満面の笑みで出迎えている。

「……こ、これは」

驚く沖本の耳に、三左衛門は囁《ささや》いてやった。

「手でも振ってやれ」

三左衛門に背中を押され、沖本はどうにか歩きだす。

そのとき。

住人たちの人垣が、さっと左右に分かれた。

分かれたさきには、椿と三春が立っている。

「父上」

三春が叫んだ。

おかっぱ頭を振りながら、必死に駆けてくる。

その手には、父の折った折り鶴が握られていた。

「……み、三春」

沖本は膝をつき、両手をひろげた。

「父上」

三春が猛然と飛びこんでくる。

抱きあう父と娘の様子が、涙で霞《かす》んでみえない。

椿も再会を噛《か》みしめるように、ゆっくり歩いてきた。

沖本が顔をあげる。

「……つ、椿よ」

「はい」

「すまなんだな」

「はい」

聡明な妻にはわかっている。夫の余命が少ないことを知りながらも、一日でも長くともに暮らしたいと願っているのだ。そして、自分と娘の手で看取《みと》りたいと、三左衛門にも告げていた。

長屋の住人たちも、悲しい事情を承知している。

一方、娘の三春には、父に逢えた喜びしかない。

無邪気に喜ぶ娘のすがたは、再会に立ちあった者たちの涙を誘った。

「父上、お帰りなされませ」

元気よく発せられた娘の声が、沈みかけた空気をやわらげてくれる。

「義兄さん、これでよかったのかい」

又七が涙目で問うてきた。

「あたりまえだ。よくないはずがあるものか」

三左衛門は、しっかりとこたえた。

そこへ、半兵衛がやってくる。

皺《しわ》のめだつ掌には、黒いかたまりが載っていた。

「何だとおもう」

「さあ」

「おっとせいの黒焼きじゃ」

「まさか、又七から買ったのではないか」

「買《こ》うてやった。褒美のかわりじゃ」

「ふへへ」

又七が笑いながら、軽妙な合いの手を入れる。

「ご隠居。そいつを呑めば、あっと驚くぜ。三春みてえな娘を授かるのも、夢じゃねえかもよ」

「おいおい、無理を申すな。法螺《ほら》もいい加減にせぬと、払った代金を返してもらうぞ。ぬはは、ぬははは」

屈託《くったく》のない半兵衛の笑いは長屋の連中にも伝播《でんぱ》し、沖本と椿もつられて笑いだす。

笑う人々を照らす日射しは眩しいものの、短い夏の終わりを告げるかのように、蟬時雨《せみしぐれ》が一斉に聞こえはじめた。

おすずの恋

一

神無月《かんなづき》の立冬《りっとう》から七日経ち、炬燵《こたつ》の欲しい季節となった。

色付いた木々は紅葉《こうよう》の見頃を迎えているものの、おそめの顔色は冴《さ》えない。

お琴《こと》のお師匠さんにこってりしぼられたからだと、自分でも理由はわかっている。

「あんなに怒らなくてもいいのに」

稽古帰りの途中、芳町の『正月屋《しょうがつや》』で汁粉《しるこ》を啜《すす》りながら、おそめは何度も溜息を吐《つ》いた。

床几《しょうぎ》の隣で落ちつかない様子なのは、下女奉公のおたみだ。

「日が暮れるまえにお店に戻らなければ、奥さまに叱られます」

たしかに、辛く当たられるのは、付き添い役のほうだ。

どうして道草を許すのだと、母親からこっぴどく叱られる。

泣き虫のおたみが目を腫《は》らすのはみたくないけれども、汁粉でも食べなければやっていられない。

そもそも、友禅染屋《ゆうぜんぞめや》の娘が武家娘の嗜《たしな》む琴など習う必要はないのだ。

なるほど、おとっつぁんは偉い。

行商からはじめて、一代で日本橋の呉服町《ごふくちよう》に店を構えるほどの身代を築いた。

一人娘の自分はおかいこぐるみで育てられ、来春からは大名家へ女中奉公にあがる。奉公にあたって、琴のひとつも弾けねばなるまいと、三月《みつき》前から浜町河岸の旗本屋敷へ通わされていた。

「おとっつぁんは世間体《せけんてい》ばっかり」

二杯目の汁粉を注文すると、おたみが泣きべそを搔《か》いた。

「お嬢さま、堪忍してください。明日からお暇を出されてしまいます」

「大丈夫。わたしがそうはさせないから」

産んでくれたおっかさんは、赤子のときにこの世を去った。

今の母親は後妻なので、それほど強く出ることはできない。

何しろ、おとっつぁんは娘に甘い。汁粉よりも甘いから、泣きつけばたいていのことは何とかなる。

ただし、琴の稽古だけは止められない。できることなら、大名家への奥奉公もご破算にしてほしいのだが、箔《はく》を付けて嫁入りするためには避けて通ることのできない修業なのだ。

ようやく二杯目の汁粉を食べ終えると、おたみに急《せ》かされた。

「お嬢さま、日暮れも間近です。早く、まいりましょう」

華やかな芝居町《しばいまち》の喧噪《けんそう》を背にしつつ、親父橋《おやじばし》を渡って照降町を通りすぎ、荒布《あらめ》橋《ばし》も渡って大きな江戸橋《えどばし》の南詰めへ向かう。橋を渡りきったころには日も沈み、左手に滔々《とうとう》と流れる楓川《もみじがわ》も黒い幔幕《まんまく》を流したようになった。

いつもどおり、佐内町《さないちょう》のさきから右手に曲がり、突きあたりを左手に曲がって、ひとつ目をまた右手に曲がる。

そこは、式部小路《しきぶこうじ》と称する小径《こみち》だった。

優雅な名の由来は、久志本式部《くしもとしきぶ》なる奥医師の拝領屋敷があったからだという。

ともあれ、まっすぐにつづく小径をたどり、日本橋大路を渡って濠端《ほりばた》の手前まで進めばよい。

通い馴れた道でもあり、暴漢や追いはぎのたぐいを心配したことはなかった。少なくとも、式部小路の途中で死神に出遭《であ》うまで、おそめは身に降りかかる不幸など予想もできずにいた。

「お嬢さま、お急ぎください」

小走りに急ぐおたみの背中が、暗がりの向こうに遠ざかっていく。

「待って、おたみ、待って」

叫んでも、心配性の娘は足を止めない。

駆けだした途端、足が縺《もつ》れた。

「あっ」

転びかけ、前のめりになる。

そこへ、ふわっと人影があらわれた。

暗がりから抜けだし、こちらに近づいてくる。

「誰」

呼びかけても、返事はない。

死神だと、合点《がてん》した。

「ひっ」

膝が抜けおち、その場に屈《かが》みこむ。

――しゅう、しゅう。

蛇のような息遣いが迫ってきた。

みてはいけない。みてはいけない。

目を固く閉じ、胸の裡《うち》で唱《とな》えつづけた。

「わしをみよ」

地の底から、声が響いた。

「ほれ、目を開けるのだ」

抗《あらが》いがたいものを感じ、はっと目を開けた。

「うっ」

死神が笑っている。

見知った顔だ。

どこかでみたことがある。

おもいだせない。

「わしを袖にしおって。意趣斬《いしゅぎ》りじゃ」

耳まで裂けた口が、妙な台詞《せりふ》を口走った。
知らない。いったい、何のことだろう。
——ひゅっ。
風切音とともに、白刃が閃《ひらめ》いた。
刹那《せつな》、首筋に冷気が走る。
「ひゃあ、お嬢さま」
三途《さんず》の川《かわ》で、おたみの悲鳴を聞いた。
たぶん、気のせいだ。
暗闇のなかで、そうおもった。
おそめの首は毬《まり》のように弾み、紅葉のちりばめられた式部小路を転がっていた。

二

山城屋六右衛門《やましろやろくえもん》の娘が酷《むご》い死にざまをさらした式部小路は、当日の晩から翌日の朝まで通りぬけを禁じられた。
触《ふ》れが解かれてからも、通りぬけようとする者は少ない。

ことに町娘たちは怖がって、わざわざ別の道へ迂回《うかい》した。

「まったく、迷惑なはなしだぜ。天下の往来で辻斬りとはな、前代未聞の凶事にまちがいねえぜ」

呉服町の『天竺屋《てんじくや》』に出入りする職人たちも、口々に昨夕のことを噂しあっている。

下女奉公のおすずにとっても、他人事ではなかった。

同じ町内でもあり、犠牲になったおそめの顔は見知っていたし、付き添いのおたみとも親しかった。それだけに、おたみが半狂乱の体《てい》で実家に帰されたと聞き、心が穏やかではいられなくなった。

帳場格子《ちょうばごうし》の手前では、手代の清兵衛《せいべえ》が女主人のおとくに小言をもらっている。

「莫迦《ばか》だね、おまえは。二十歳を過ぎたってのに、銭勘定もできないのかい。ほら、帳簿の入りと出が合わないだろう。数文のちがいでも、商人にとっちゃ命取りなんだよ。こうしたまちがいに気づかないってのが、まず信じられないね。気を抜いてんじゃないよ、ほんとに」

「すみません、奥さま」

「わたしはね、奥さまなんかじゃない。旦那さまとお呼びって、口がすっぱくなるほど言っただろう」

「はい、すみません。旦那さま」

清兵衛は、情けない面で謝りつづける。

同情はするが、叱られても仕方がない。

おとくは、賢くて俠気《おとこぎ》のあるひとだ。

ひとり目の夫には死なれ、素行の芳《かんば》しくないふたり目の入り婿《むこ》が牢屋に繋がれたあとは、細腕ひとつで太物屋《ふとものや》を切り盛りしている。

先代から仕えてくれた番頭に暖簾《のれん》分けしたばかりなので、近頃は一日じゅう帳場格子の中に座っていなければならなかった。

「親から継いだ老舗《しにせ》を潰したくはないんだよ」

その一念だけで、寝る間も惜しんで働いていると言っても過言ではない。

おすずは店の雑用をこなしていたが、お世話になって五年目になるので、何かと頼りにされている。一人娘で我儘《わがまま》放題に育ったおるりからも信頼されており、外出の際はかならずお供に従《つ》けられた。同い年のおるりとは姉妹のようだと言われることもあったが、もちろん、雇い主の娘と奉公人の一線を越えたことはない。

清兵衛はようやく、おとくの小言から解放された。

代わりに、おすずにお呼びが掛かる。

「夕方から、山城屋さんのご焼香《しょうこう》に行かなくてはね。おるりにも喪服《もふく》の仕度を頼むよ」

「はい、旦那さま」

「どうだい、あの子の様子は」

「沈んでおられます」

「そうかい。仕方ないね。おそめちゃんとおるりは同い年、幼いころから親しかった。それが、あんな死に方をしちまって。おそめちゃんには申し訳ないけど、おるりがあんなふうにされちまったら、わたしは生きていられないよ。あの娘だけが、わたしの生き甲斐《がい》なんだからね」

こんなふうに弱音ともつかぬ本音を吐く相手は、おすずだけだ。

誇らしくはあるものの、荷が重い気もする。

おとくは涙を拭き、気丈さを取りもどした。

「ちょいと、お使いを頼むよ。お届けものさ」

「はい」

「浜町河岸のお旗本で、立花将監《たちばなしょうげん》さまは知っているだろう」

「はい。高砂橋《たかさごばし》を渡ったさきですね」

常連客ではないが、奥さまが何度か店を訪れ、男物の布地を求めていった。注文していただいた布地が揃ったので、届けてほしいというのだ。

おすずは風呂敷に包んだ品物を預かり、さっそく店を飛びだした。

正午を過ぎたばかりで、陽は高い。

山茶花日和《さざんかびより》の好天なので、外に出されたことに感謝した。

浜町河岸へ向かうなら、いつもはまっすぐに楓川をめざす。

川沿いをたどって江戸橋を渡り、さらに荒布橋を渡って照降町を通りすぎていく。毎日通っている道でもあるので、迷う理由はなかったが、今日ばかりは途中の式部小路を抜けていく気になれなかった。

できるだけ大路を通ろうとおもい、東海道に沿って賑やかな日本橋へ向かう。

ところが、北詰めに出たところで、足を止めてしまった。

晒《さら》し場で縛《しば》られた男女に、目が釘付けになったのだ。

大勢の見物人が集まっている。

後ろ手に縛られた若い男女は鼠色《ねずみいろ》の襤褸着《ぼろぎ》を纏《まと》い、わずかに間合いを空けて背中合わせに座らされていた。

「心中の仕損ないだってよ」

噂話が耳に聞こえてくる。

「男は商家の手代で、女は主人の妾《めかけ》らしい」

「ほう、絵に描いたような不義密通《ふぎみつつう》だねえ」

ふたりは触れそうで触れあえぬ微妙な間合いに置かれたまま、黙って辱《はずかし》めを受けている。

男のほうは月代《さかやき》も髭《ひげ》も伸び放題で、みるからに惨めな印象だ。

ところが、やけに肌の白い女のほうは、窶《やつ》れ加減すら美しい。

世の中の辛酸《しんさん》を舐めたすえに、達観した者の潔《いさぎよ》さがあった。

道行《みちゆ》きを決めた瞬間、女はこの世との繫がりを断ちきった。

すでに、心は常世《とこよ》にある。

もしかしたら、菩薩《ぼさつ》のような心境なのかもしれない。

好いた相手を慕う一途《いちず》さが、女を菩薩に変えるのだ。

羨《うらや》ましいと、おすずはおもった。

不謹慎《ふきんしん》かもしれないが、自分も命懸けの恋というものがしてみたい。

人垣の狭間《はざま》で人知れず両手を合わせたあと、おすずは後ろ髪を引かれるおもいで晒し場に背を向けた。

日本橋川に張りつく魚河岸《うおがし》を風のように走りぬけ、荒布橋、親父橋と渡って芳町を通りすぎていく。さらに、浜町河岸に架かる高砂橋を渡り、歯痛に効験《こうけん》のある山伏《やまぶし》の井戸脇を擦《す》りぬけるまで、日本橋の北詰めに晒された男女のことが頭から離れなかった。

気づいてみれば、立花家の門前に立っている。

半月前、手代の清兵衛に連れてきてもらったので、おぼえていた。

たしか、奥様はお琴のお師匠さんだった。

おもいだした瞬間、厭な予感がはたらいた。

理由はわからない。

半月前、応対に出てくれた使用人の顔も忘れた。

奥様にも逢ったはずだが、印象は薄い。

ただ、嗄《しわが》れた声で「ご苦労さま」と言われたことだけはおぼえている。

そう言えば、あのときも凶兆《きようちよう》を感じた。

誰かの眼差《まなざ》しを感じたのだ。

物陰からそっと覗く眼差し。

辻の暗がりや蔵のなかに潜む怪しげな影に似た何か。

正体のわからぬ何かが、そこにいるような感じがした。

「思い過ごしよ」

おすずは自分に言い聞かせ、立花家の門を敲《たた》いた。

「ごめんくださいまし、ごめんくださいまし」

何度か声を張りあげると、かたわらの潜《くぐ》り戸《ど》がふわっと開いた。

誰も出てこないのを不審におもいながらも、身を屈めてみる。

勇気を出して、戸を潜りぬけた。

「あっ」

その瞬間、風呂敷を取り落としかけた。

ひょろ長い若侍が、仁王立ちになっている。

右手に木刀を握り、口端に冷笑を浮かべていた。

咄嗟《とっさ》のことでことばを失い、おすずは身を固めた。

「おぬしは何だ」

疳高《かんだか》い声で問うてくる。

「下女か」

「……は、はい」

「どこの下女だ」

「……て、天竺屋から参りました。あの、お届け物にございます」

「さようか、唐天竺《からてんじく》から参ったか。いくつになる」

「えっ」

「歳はいくつだと聞いておる」

「……じゅ、十五にございます」

「ふうん、良い年頃だ」

若侍はそう言い、無造作に左手を伸ばす。

頬に触れた。

ねっとりした感触に、おもわず、身を引いてしまう。

「おや、逃げるのか」

若侍のこめかみに血管が浮きでた。

木刀を握る手が震えだす。

おすずは、金縛《かなしば》りになったように動けない。

と、そこへ。

家人の声が掛かった。

「左京《さきよう》、何をしておられる」

奥さまだ。

助かった。

左京と呼ばれた侍はにたりと笑い、こちらに背を向ける。

遠ざかる跫音《あしおと》を聞きながら、おすずはほうっと息を吐いた。

三

商家の奉公人はどこでも、住みこみがほとんどだ。けれども、おすずは家が近いこともあって、通いを許されている。

家々から夕餉《ゆうげ》の炊煙《すいえん》が立ちのぼるころ、照降長屋へ戻ってみると、おまつが根《ね》深汁《ぶかじる》をつくっていた。

「おや、お帰り」

「ただいま」

前垂れを着けて手伝おうとすると、やんわり拒《こば》まれた。

「ご苦労さま。いいんだよ。夕餉の仕度はまかせておきな」

「うん」

井戸端へ向かい、近所の子どもたちと遊ぶおきちに声を掛ける。

「ほら、ごはんだよ」

おきちはうなずき、土で汚れた顔ごと駆けてくる。

「父上は」

「釣り」

「そう。だったら、小半刻（三十分）は戻らないね」

「どうせ、坊主だよ」

「ふふ、たぶんね」

釣果《ちょうか》のないことを見越して、おまつも夕鯵《ゆうあじ》を買ってある。

部屋に戻ると、根深汁が湯気を立てていた。

「美味《おい》しそう」

くうっと、姉妹の腹が鳴る。

おすずとおきちは、目鼻立ちがよく似ていた。

ただし、父親はちがう。

おすずの父親は、紺屋《こんや》の若旦那だった。

遊びが過ぎて、おまつに捨てられたのだ。

幼いころのはなしなので、たいして気にはならない。

ひとつ屋根の下でともに暮らす三左衛門を、ほんとうの父親だとおもっている。

三左衛門は禄無しの浪人者、一見すると頼りないようだが、じつは小太刀を使う剣客で、もともとは一藩の馬廻り役までつとめた立派な侍なのだと、おまつからは聞かされていた。

そのせいか、おすずには武家娘にも似た気概《きがい》がある。

どれだけ貧乏でも我慢できるし、贅沢《ぜいたく》は口にしない。

困っているひとがあれば、身を捨ててでも助けたいとおもう。

それは侠気とも言うべき気質で、おまつから受け継いだものでもあった。

「おすず、お焼香は済ませたのかい」

「うん。おっかさんも伺うんでしょう」

「そうだね。山城屋の旦那さまにお願いされて、お嬢さまのご縁談をすすめていたやさきだったし。夕餉が終わったら参らせてもらうつもりだけど、何だか気が重いよ」

「山城屋さんのご夫婦は床に臥《ふ》せっておいでだった。応対のほうは、番頭さんがしてくれるとおもうよ」

「そうかい」

溜息を吐いたきり、おまつは黙りこんでしまう。

町のそこかしこで、禍々《まがまが》しい噂が囁かれていた。

胴と首の離れたおそめの屍骸《むくろ》は、菊人形《きくにんぎょう》のように、一尺余りの細い木の棒を差しこむことで繋がったという。いくら化粧をほどこしても、顔の損傷は隠せず、ほとんどは布で巻かれているらしかった。

もちろん、おすずはみていない。

焼香台のそばの蒲団に寝かされていたが、みることなどできなかった。

長い沈黙が、かえって厭な記憶をおもいださせる。

膳の仕度を終えたところへ、釣《つ》り竿《ざお》を担《かつ》いだ三左衛門が帰ってきた。

魚籃《びく》のなかは空っぽだ。

「やっぱり」

おまつは微笑み、三左衛門は頭を掻きながらへぼ句を捻る。

「今日こそは勇んで向かう薬研堀《やげんぼり》。自棄《やけ》と薬研堀を掛けたのだ。わかるか」

誰も反応しない。

いつものことなので、三左衛門はあきらめ顔だ。

釣果もないし、句も下手なので、可哀相になってくる。

三左衛門はおきちが水瓶《みずがめ》から汲んでくれた水で顔をぱしゃっと洗い、手拭いでごしごし拭きながら板間へあがってきた。

待ってましたとばかりに、おまつが言いはなつ。

「さ、夕鯵が焼けたよ。大根おろしに醤油《しょうゆ》を垂らして食べな」

「ほい来たどっこい」

三左衛門はどっかと座り、醤油さしを取った。

「そう言えば、八尾さんに逢ったぞ」

「へえ、お元気でしたか」

「少々、お疲れ気味でな。昨夜の辻斬りを調べておるそうだ」

おすずは箸を置き、苦い顔をしてみせる。

おまつが止めないので、三左衛門は喋りつづけた。

「下手人をみた者はいない。されど、声を聞いた者はあった。下手人とおぼしき輩《やから》は疳高い声で『意趣斬りじゃ』と抜かしたらしい」

「意趣斬りって」

おまつが、ご飯をつけながら聞きかえす。

三左衛門はうなずき、腕組みでこたえた。

「恨みだ」

「それじゃ、顔見知りってことと」

「ふむ。出会い頭の辻斬りではないかもしれぬと、八尾さんは言っておられた」

「下手人はお侍なんでしょう。どうして、友禅染屋のお嬢さんが恨みを買うの」

「さあな」

「ああ、厭だ。おもいだしたくもない」

おまつは、顔を真っ赤にして吐きすてる。

「おいおい、そんなに怒らずともよかろう」

「おまえさんが、変なはなしをするから。ほら、おすずをみてごらん。ご飯が食べられなくなっちまったよ」

「えっ、どうして」

「この子はね、山城屋さんへご焼香に行ってきたのさ。同じ呉服町のお店同士、知らない仲じゃないんだからね」

「すまぬ。うっかりしておった」

三左衛門はぺこりと頭をさげ、きまりわるそうに椀を取る。

ずるっ、ずるっと、味噌汁を啜る音が聞こえてきた。

――意趣斬り。

ということばが、頭のなかでくるくるまわっている。

やがて話題は変わり、食卓に笑いが起こっても、おすずには三左衛門たちがなぜ笑っているのかわからなかった。

四

おそめが荼毘《だび》に付されて十日が経ち、節気《せっき》も小雪《しょうせつ》となった。

市中に恐怖の種を蒔《ま》いた下手人は、いまだに捕まっていない。

ところが、人の記憶というものは重宝にできており、辛くて陰惨な思い出は日を追うごとに薄れていく。

式部小路もすっかり元の顔を取りもどしつつあったが、道端に手向《たむ》けられた仏花《ぶっか》を眺めると、首を飛ばされた娘の霊が無念を訴えかけているようで、おもわず両手を合わせてしまう。

日本橋の北詰めに晒された男女は、疾《と》うのむかしに消えた。

今は、女犯《にょぼん》の坊主が汚れた袈裟衣《けさごろも》を着たまま晒されている。

おすずは山茶花の咲く稲荷新道《いなりじんみち》を通り、鎌倉河岸《かまくらがし》への使いから戻ってきた。

稲荷新道を西に抜け、左手に曲がったところが呉服町だ。

夕暮れが近づいており、少し遅くなったことを後悔した。

それでも、この道は安心だ。

稲荷明神に詣でる人影が途切れることはない。

「こら、うすのろめ」

突如、怒鳴り声が聞こえた。

空樽拾《あきだるひろ》いの捨松《すてまつ》が、若い男に蹴られている。

捨松はおきちよりひとつ上の七つだが、からだはふたまわりも大きい。

智恵が遅れているのか、幼いころよりことばを発することができず、いつも悲しい目をしていた。

笑った顔をみたことがない。

おすずは何とかしてあげたいとおもい、捨松を見掛ければお菓子を分けてあげたり、いじめっ子たちから守ってやったりしていた。

相手が大人だろうと、臆することはない。

自分は剣客の娘だ。

おすずは小走りに近づき、強い口調で言った。

「やめなさい、何をしているの」

捨松を蹴っていた男が振りかえる。

細髷《ほそまげ》をわざと曲げた遊び人風の男だ。

「おめえは誰だ」

男に問われ、おすずは素姓《すじょう》を告げた。

「ふうん、天竺屋の下女か。余計な口出しはやめときな。こいつはな、親が子にする折檻《せっかん》だ」

「えっ」

驚いた。

「捨松のおとっつぁんなの」

「ああ、そうだ。いちおうはな。でも、血の繋がりはねえ。知ってんだろう。こいつの母親」

「おいそさんでしょう」

辻に立って身を売る母親の顔が、頭にぽっと浮かんだ。

「おれは音次《おとじ》。おいそのこれさ」

音次と名乗る男は小指を立て、にっと笑う。

女に貢《みつ》がせ、自堕落《じだらく》な暮らしを送るヒモだ。

「ぐふふ、おめえ、可愛い面してんじゃねえか」

臭い息を吐きかけられ、おすずは顔をしかめた。

捨松は死んだ魚の眸子《まなこ》で、ぼうっと眺めている。

「空樽を朝から晩まで掻きあつめたところで、五十文にもなりゃしねえ。無駄をこいてる暇があんなら、父親の肩でも揉めってえの」

音次はくるっと振りかえり、またぞろ捨松を蹴りつける。

「やめて」

おすずは、腰に縋りついた。

「何だ、てめえ」

腕を摑まれ、地べたに振りおとされる。

それでも、おすずは這いつくばり、捨松を背中で庇《かば》った。

血走った目を剝き、音次を睨みつける。

「捨松はね、まじめに働いているんだ。あんたみたいな穀潰《ごくつぶ》しとはちがうんだよ。これ以上、弱い者いじめをつづけるなら、お上《かみ》に訴えるからね」

「ほほう、やけに威勢が良いな。訴えたけりゃ、やってみな」

音次は裾をたたんで屈み、なおもからんでこようとする。

おすずは涙目で訴えた。

「あんたなんか、父親じゃない。早いとこ、どこかに消えちまえ」

「このあま、下手《したて》に出てりゃいい気になりやがって」

ぱしっと、平手打ちで頰を叩かれた。

そこへ、風のように人影が迫った。

「おい、何してる」

手代の清兵衛だ。

「うちのおすずに手を出すんじゃねえ」

「けっ、天竺屋の青瓢簞《あおびようたん》め。ぴいぴいうるせえぞ」

やおら立ちあがった音次は、喧嘩馴れしていそうだった。

「おやめ」

ところが、清兵衛はやにわに襟首《えりくび》を摑むや、えいとばかりに投げとばす。

「うっ」

固い地べたに背中から落ち、音次は息を詰まらせた。

「それはな、関口《せきぐち》派《は》の柔術で払《はら》い腰《ごし》と呼ぶ技だ」

「……く、くそっ。たかが手代風情が」

音次は立ちあがり、懐中に呑んだ匕首《あいくち》を抜いた。

おすずはことばを失い、息を止める。

清兵衛は、顔色ひとつ変えない。

一歩踏みこみ、相手の手首を摑む。

つぎの瞬間、音次は地べたに叩きつけられていた。

「何度やっても同じさ。おのぞみなら、もう一度投げとばしてやる」

「……くっ、おぼえてやがれ」

捨て台詞を残し、狂犬は尻尾《しっぽ》を巻いて逃げる。

と同時に、捨松も反対側の辻へ駆けていった。

小さな背中を目で追いつつ、清兵衛が溜息を吐く。

「あいつ、行っちまったな。さきがおもいやられる」

「うん。でも、ありがとう。清兵衛さんのおかげで、すっきりした」

「ふふ、そうかい。ま、おめえがそう言うんなら、助けた甲斐もあったってもんだ」

「それにしても、すごかったね。まるで、手妻《てづま》をみているみたいだったよ。柔術の道場に通っているの」

「いいや。みようみまねさ」

朗《ほが》らかに笑う清兵衛の顔が、いつになく凜々《りり》しくみえる。

店で叱られているときとは、まるで別人のようだ。

ふたりは肩を並べて歩き、稲荷新道を抜けた。

道行く人々の横顔は、沈みゆく夕陽に照らされている。

「おい、これ」

清兵衛はぶっきらぼうに言い、山茶花の花をくれた。

一輪だけ、気づかぬように摘んでいたのだ。

花の匂いを嗅いでいると、清兵衛は恥ずかしそうに背を向ける。

ぎこちない優しさが嬉しくて、おすずは弾むような心地で追いかけた。

五

清兵衛のことが、どうにも気になって仕方ない。

——うちのおすずに手を出すんじゃねえ。

という啖呵《たんか》をおもいだすたびに胸苦しくなり、ご飯ものどを通らなくなる。

枯れた山茶花は鵜籠《うかご》に生けたままだし、おまつに捨てろと言われても捨てることはできなかった。

「妙な娘だねえ」

店でも小さな失態が重なったので、主人のおとくは首をかしげている。

そうしたなか、おるりに縁談が持ちあがった。

今まで何度か見合いをやって断ったり、断られたりしてきたのだが、今度ばかりは仲人も慎重に相手を選んだ。

仲人というのは、ほかでもない、おまつのことだ。

——縁結びの聖天さま。

という評判を聞き、おとくが頼んでいた。

縁談の相手は白金屋《しろがねや》幸太夫《こうだゆう》という箔屋《はくや》の次男坊、店の格は向こうが上らしい。

白金屋は嫁取りを終えた長男が継ぐので、次男坊は入り婿として天竺屋に迎えることができる。

そうした条件は満たしていたし、本人の素行も申し分ない。

次男坊のわりには堅物で、算盤勘定《そろばんかんじょう》にも長《た》けているという。

あとは、じゃじゃ馬娘のおるりが気に入るかどうかだが、おすずもその点だけは難しいとおもっていた。

表口を掃除しがてら、うだつに絡《から》みつく蔦《つた》を眺めていると、後ろから沈香《じんこう》の匂いが近づいてきた。

振りむけば、島田髷《しまだまげ》に花簪《はなかんざし》を挿《さ》したおるりが笑っている。

身に纏うのは、紅染め地にふくら雀《すずめ》のちりばめられた振袖《ふりそで》だ。

高価な白粉《おしろい》を薄く塗った顔はいつになく艶《つや》めき、受け気味の朱唇《くちびる》に吸いよせられそうになる。

「これをあげるから、従いてきて」

おるりは錦糸で雷文繫《らいもんつな》ぎの刺繡《ししゅう》がほどこされた黒繻子《くろしゅす》の帯から、匂い袋をひとつ取りだした。

八つ刻（午後二時）に店を抜けだすのは気が引けるものの、おるりの願いは断れない。

おすずは匂い袋を袖に入れ、赤い鼻緒《はなお》の駒下駄《こまげた》にいそいそとしたがった。数寄屋町《すきやちょう》の通りを斜めに抜け、日本橋の大路を渡れば、そこは箔屋町《はくやちょう》だ。

通りのこちら側には水茶屋が何軒か並び、毛氈《もうせん》を敷いた床几に座れば、正面に『白金屋』の屋根看板がみえた。

「ね、わかったでしょう」

おるりは床几に腰をおろし、みたらし団子《だんご》と茶を注文する。

遠慮がちに座ったおすずに向かって、さりげなく顎をしゃくってみせた。

「ほら、あれをご覧。幸太夫だよ」

「えっ」

なるほど、大柄の若い男が土間で接客をしている。

「顔が馬みたいに長いだろう。幸太夫なんて、役者みたいな名をしてさあ」

「でも、まじめそうな若旦那じゃありませんか」

「おや、肩を持つのかい。ま、おっかさんの紹介だから仕方ないか。でも、おまえだけは味方だとおもっているからね。わたしが厭だっておもったら、反対しないでほしいのさ」

こたえに窮《きゆう》したところへ、注文の品がはこばれてくる。

おるりは長い袖をたくしあげ、団子の串《くし》を摘んだ。

横串にして、上手に団子を食べる。

おとくがみたら「はしたない娘だねえ」と叱られるところだが、おるりは気にする素振りもみせない。

「ほら、妹だ」

「えっ」

「わたしと同い年でね、かえでというのさ。芝居好きの娘でね、箔屋の娘だけあって派手な衣装を纏っているだろう」

おるりとさして変わりはないが、おすずは口を挟まない。

「そう言えば、かえでも琴を習っているって聞いた。教えてくれたのは、おそめちゃんさ。たぶん、同じところに通っているんだ」

ひとりごとのようにこぼし、おるりは少し黙りこむ。

そして、お茶で舌を潤《うるお》すと、覗きこむように問うてきた。

「あの馬面《うまづら》のこと、どうおもう」

尋ねられても、何ともこたえようがない。

遠くから見掛けたことがあるだけの相手だ。

「秋の空は上の空。おすず、おまえさ、近頃おかしいよ。ひょっとして、好いたおひとでもあるのかい」

「えっ」

「図星《ずぼし》だね。赤くなった」

「そんなんじゃありません」

「誰なんだい。教えなよ」

「おやめください」

「うふふ、当ててあげようか。手代の清兵衛だろう」

はっと、息を呑む。

「ほら、当たった。おまえは顔に出るから、すぐにわかるよ。やっぱり、清兵衛か。だいいち、近頃のおまえはおかしいもの。清兵衛をみる目がちがうんだよ」

「まちがいです。そんな気はありません」

「まちがいだって言うんなら、わたしが清兵衛に粉を掛けても怒らないかい」

「えっ」

「冗談だよ。おまえを悲しませるようなまねはしないさ」

おるりは団子をぺろりとたいらげ、別のはなしをしはじめる。

「わたしはね、おそめちゃんのことを羨ましいとおもっていた」

「おそめさんを」

「そうさ。小町娘だからなんかじゃない。おそめちゃんには、おとっつぁんがいる。わたしにはいない。幼いときに死んじまって、顔もおぼえちゃいない。そりゃ、おっかさんは懸命にわたしを育ててくれたし、店もちゃんと切り盛りしているけど、やっぱり、おとっつぁんが居てくれたらなっておもう。わたしが誰かを好きになれないのは、おとっつぁんみたいなひとを捜しているせいかもしれない。顔も知らないけど、いつもここに居てくれるような気がしてね」

おるりは左胸を触り、そっと目を閉じる。

おすずは何となく、哀れにおもえてきた。

自分も、三左衛門とは血の繋がりがない。でも、じつの父親以上に慕っている。

おるりは、失った父親の代わりになってくれる相手を求めている。

そうだとすれば、縁談がなかなかまとまらないのも仕方のないはなしかもしれない。

「さあ、行くよ」

おるりに促され、おすずは重い腰をあげた。

「もうひとつ、つきあってほしいところがあるんだけど」

そう言って、おるりは大路を北へ戻りはじめた。

元大工町《もとだいくちょう》の手前で、足を止める。

大路を挟んだ向こうには、式部小路があった。

「さあ、渡るよ」

おるりは身を固くさせ、大路を渡りきる。

夕暮れまでには間があるものの、式部小路は薄暗い。

凶事があってからは、できるだけ避けていたところだ。

「おそめちゃんのことが、可哀相でたまらない」

おるりはぽつりと言い、しくしく泣きだす。

「せめて、お参りだけでもって、ずっとおもっていたのさ」

おすずも、同じ気持ちだった。

斬られたあたりを二度ほど訪ね、手も合わせている。

そのたびに、成仏《じょうぶつ》できぬ霊が漂っているように感じた。

「おすず、あのあたりだよ」
手向けの花が捧げられている。
そこにおそめの生首が転がったのだとおもえば、膝頭《ひざがしら》が震えてくる。
おるりはいつのまにか、髪に冬菫《ふゆすみれ》を挿していた。
髪から抜いた可憐な花を、手向けるつもりらしい。
小径の前後をみても、通行人の影はみあたらない。
ふたりは手を繋ぎ、花のあるところへ近づいた。
「あっ」
おるりが叫び、足を止める。
暗闇から人影があらわれ、こちらをじっと睨んでいた。
侍だ。
仏花を手に提げている。
おそめの霊を弔《とむら》おうとしているのだ。
「誰なの」
おるりが囁いてきた。
聞かれても、おすずにはこたえられない。

怖ろしすぎて、背筋が凍りついていた。

侍の顔は蒼白く、右半分は翳《かげ》っている。

どこかで、みたことがあった。

おもいだせない。

おもいだすより、一刻も早く逃げなければ。

「お嬢さま、帰りましょう」

おすずは掠れた声をしぼりだし、おるりの袖を懸命に引いた。

六

怪しい侍の素姓を、どうしてもおもいだせない。

おすずはあきらめ、手仕事をやりながら気を紛らわせていた。

辻陰に空樽拾いの捨松を見掛けたのは、落ち葉が道を埋めつくすようになったころのことだ。

呼びかけても応じず、捨松は去っていく。

今日は恵比寿講《えびすこう》なので、商家はどこも忙しい。

天竺屋の店内にも縁起物の千両箱が山積みにされ、釣り竿と鯛《たい》を抱えた恵比須像が飾られている。

三方《さんぼう》に載せる大鯛や山海の珍味も用意しなければならないし、酒も樽ごとはこばれてくるはずだ。午後からは馴染みの連中がどっと押しよせ、どんちゃん騒ぎをはじめる手筈《てはず》になっていた。

やるべきことはたくさんあったが、捨松を放ってはおけない。

「待って」

おすずは、店の外へ飛びだした。

しとしとと、冷たい雨が降っている。

着物が濡れるにまかせ、辻を曲がった。

小さな背中は、さらに一本さきの辻を曲がったところだ。

「捨松」

おすずは泥《どろ》を撥《は》ね飛ばし、必死に追いかけた。

いくつか辻を曲がると、楓川の縁に迷いでた。

左手にみえるのは、八丁堀《はっちょうぼり》へとつづく海賊橋《かいぞくばし》だ。

きょろきょろ左右を見渡しても、捨松のすがたはない。

「ひっ」

女の声がした。

川端に植わった柳の木陰で、手拭いの端を噛んだ女が悶《もだ》えている。

身を売る女だ。

雨に打たれながら、男に裾をまさぐられている。

「うっ……ああ」

うなじに貼りついた黒髪が、やけに色っぽくみえた。

ひょっとしたら、捨松のおっかさんではあるまいか。

そんな気がして、目をはなすことができなくなった。

通りすがりの男はことを終え、逃げるようにいなくなる。

「待て、こら。銭が足りないよ」

女が叫んだ。

「こんちくしょうめ」

おすずはずぶ濡れのまま、その場をじっと動かない。

振りむいた女が、不思議そうに小首をかしげた。

「何だい、おまえは。見世物じゃないよ」

「捨松のおっかさんでしょ」

「えっ」

「そうなんでしょ」

「ふん、だったら何だってんだい」

居直った女は、おもったとおり、おいそという捨松の母親だった。

「おまえ、天竺屋の下女だね」

「そうです。おすずと申します」

「捨松に同情してんなら、お門違いだよ。おまえには関わりのないことさ」

「いいえ、あります。捨松を悲しませるのはやめてください」

「ふん、あいつが悲しんでるって。そんなことが、どうして、おまえにわかるんだい」

「目をみればわかります。いつも、あの子は悲しい目をしているんです。笑った顔をみたことがありません」

おいそは一瞬、ことばを失った。

怒りで唇《くち》もとを震わせ、からだごとぶつかってくる。

「こんちくしょうめ」

おすずは襟首を摑まれ、泥濘《ぬかるみ》と化した道端に押したおされた。

おいそは馬乗りになり、真っ赤になった鼻を擦りつけてくる。

「おまえなんかに、何がわかるってんだ。あたしゃね、この身ひとつで稼いでいる。稼ぎの一部で、あの子を食わしているんだよ」

「……で、でも、乱暴な男に貢いでいるんでしょ」

おいそはふっと力を抜き、身を離してへたりこんだ。

おすずはむっくり起きあがり、おいそを睨みつける。

「わたし、みたんです。捨松は音次っていう男に蹴られていました。あんなことがつづけば、捨松は死んじゃいます」

「いっそ、死ねばせいせいする」

「えっ、何てこと言うの」

「ふん。あの子のために、わたしがどれだけ苦労しているか、おまえなんかにわかるわけないいさ」

おすずは、それでも引かない。

「あの男と別れてください」

必死の懇願も、おいそには通じそうになかった。

「しつこいんだよ。他人にとやかく言われる筋合いはないいんだ。わたしたちのことは、かまわないでおくれ」
おいそは重い腰を持ちあげ、ふらつく足取りで歩きだす。
すると、柳の木陰から、小さな人影が飛びだしてきた。
捨松だ。
母親の腰にしがみつき、追っぱらわれても、しがみつこうとする。
仕舞いには、母親のほうが根負けし、捨松の手を握りしめた。
手を繋いで遠ざかる母子の後ろ姿を、おすずは泣きながら見送った。
雨は激しさを増し、楓川は濁流《だくりゅう》となってうねっている。
空は黒雲に覆われ、夕暮れのようなありさまだ。
ふと、誰かの気配を察し、おすずは振りむいた。
柳の木陰だ。
誰かいる。
確かに、気配はある。
蛇の舌で首筋を舐めまわされているような、ねっとりしたこの感じ。
「あっ」
唐突に、式部小路で花を手向けていた侍の正体がわかった。

届け物をしたときに出遭った立花家の御曹司《おんぞうし》だ。
素姓と歳を聞かれた。
頬に触れられた途端、鳥肌が立った。
やけに顔の蒼白い、痩せた男だ。
——左京、何をしておられる。
奥さまとおぼしき声も、耳に蘇《よみがえ》ってくる。
おすずは立ちあがり、腰を落として身構えた。
柳のそばまで歩を進め、勇気を出して裏にまわる。
いない。
誰もいない。
だが、気配だけはわだかまっている。
腹の底から恐怖が迫《せ》りあがり、おすずは悲鳴をあげた。

七

八百万《やおよろず》の神々は出雲《いずも》に出払ったが、商人の信奉する恵比須様だけは江戸に居残っている。

がらくたの壺《つぼ》や器《うつわ》に「千両」だの「万両」だのと法外な値札をつけ、売りましょう、買いましょうと景気をつけるのが恵比寿講のならわしだ。

天竺屋でも出入りの職人たちを招き、盛大に競《せ》りがおこなわれた。

店内は無礼講の大騒ぎで盛りあがり、式部小路の凶事をおもいだす者もいない。

立花左京のことは、おるりにも黙っていた。

余計な不安を掻きたてないためだ。

それに、怪しいというだけで、おそめを斬った下手人ときまったわけではない。

捨松の母親に意見したことも、胸の裡《うち》に仕舞ってある。

一刻も早く照降長屋へ戻り、おまつや三左衛門に聞いてほしかった。

もしかしたら、手代の清兵衛なら、はなしを聞いてくれるかもしれない。

淡い期待を抱きつつ、気になる相手のすがたを探した。

さきほどまで忙しく立ちはたらいていたのに、どこかへ消えてしまった。

厠《かわや》かもしれないとおもい、おすずは駒下駄をつっかけ、勝手口へまわった。

裏口のほうから、誰かのひそひそ声が聞こえてくる。

男と女だ。
よくは聞きとれない。
何やら、女のほうが悩み事を打ちあけているようだ。
誰だろう。
物陰から様子を窺った。
ふと、話し声が途絶え、人影がゆらりと勝手にはいってきた。
清兵衛だ。
目を真っ赤にしている。
泣いていたのだ。
いったい、何があったのか。
おすずは息ができなかった。
清兵衛をやり過ごし、裏口から外へ出る。
古井戸の向こうの簀戸《すど》が、ふわりと閉じた。
女が通りぬけたにちがいない。
駒下駄を脱ぎすて、裸足《はだし》で駆けだす。
簀戸を抜け、露地の左右に目をやった。

女の影は、抜け裏を曲がったところだ。

雨は熄《や》んでいた。

が、あたりは薄暗い。

日没は疾うに過ぎている。

それでも、女を追いかけた。

そうせずにはいられなかった。

清兵衛と事情《わけ》ありの女なら、正体を見極めてやりたい。

暗がりの向こうへ、跫音《あしおと》だけが遠ざかっていく。

辻を曲がったところで、見失ってしまった。

がっくりうなだれ、おすずは踵《きびす》を返す。

黄金の葉を散らす銀杏《いちょう》の狭間から、お稲荷さんが睨んでいた。

どうやら、稲荷新道まで来ていたらしい。

ふらりと境内へ向かうと、聞きおぼえのある男の声がする。

「おいらは江戸一のもさ引（江戸名所案内人）だぜ。行きたいところがあれば、唐天竺へでも案内してやるよ」

媚茶《こびちゃ》地に千筋《せんすじ》の小粋な着物を纏った音次が、稲荷詣でに訪れた老夫婦をからかくたびれた旅装から推《お》すと、田舎から出てきたお上《のぼ》りさんだろう。

老夫婦が取りあわずにいると、音次は脅すように声を張った。

「江戸の闇は深《ふけ》えぜ。辻陰には魔物が潜んでいるんだ。ぬへへ、せいぜい、気をつけるがいいさ」

みずから辻陰に潜み、弱そうな獲物を狙って強請《ゆすり》を仕掛ける。

小悪党の音次なら、やりかねない。

よりによって、厭なものをみてしまった。

おすずは肩を落とし、来た道を戻りはじめる。

店に戻ってみると、表口から客たちがぞろぞろ出てきた。

恵比寿講も、おひらきになったようだ。

今夜は泊まっていくようにと、おとくに言われていた。

夜道のひとり歩きは危ないからと、気遣ってくれたのだ。

客たちを見送りがてら、手代の清兵衛も顔を出した。

おすずをみつけ、にっこり笑いながら近づいてくる。

おもわず、目を背《そむ》けた。

ふん、はなしてなんかやるもんか。

ふてくされた顔で歩き、清兵衛には目も向けない。

「おすず、どこに行っていたんだい。心配したぞ」

優しい素振りをみせても、こたえてなんぞやるものか。

事情ありの女の素姓を見極めたわけでもないのに、おすずは片意地を張った。

「おいおい、どうしたんだ。恵比須さんみたいに、ほっぺたが膨らんでいるぞ」

「放っといて」

びしっと言いはなち、おすずは脇道から勝手口へ向かう。

「待ちなよ、おすず」

清兵衛は途中まで追ってきたが、客のひとりに呼びとめられた。

そっと振りかえる。

遠ざかる後ろ姿さえ憎たらしい。

なぜ、これほど怒っているのか、自分でもよくわからない。

たいせつなものを、他人に掻《か》っ攫《さら》われた気分だ。

意趣返しでもしてやろうか。

恋情を伝えたわけでもないのに、強烈な嫉妬《しっと》をおぼえている。

頬を火照《ほて》らせて店に戻ると、おとくが蒼白な顔で立っていた。

「おすず、どうしよう。おるりがいないんだよ」

「えっ、お嬢さまが」

「おまえ、行き先に心当たりはないかい」

まっさきに浮かんだのは、瘴気《しょうき》漂う式部小路の道端《みちばた》だ。

「わたし、捜してきます」

おとくの返事も聞かず、おすずは外へ飛びだした。

八

式部小路の暗闇から、絹を裂くような悲鳴が聞こえてきた。

「お嬢さま、お嬢さま」

脱兎《だっと》のごとく、おすずは駆けだす。

小径は隧道《ずいどう》のようにつづき、道端の一角だけが仄白《ほのじろ》く光っている。

光っているのは、手向けられた花であろうか。

いや、消えかかった提灯《ちょうちん》の炎だ。

かたわらには、誰かが倒れている。

恐怖を振りはらい、一歩ずつ近づいた。
おるりではない。
倒れているのは、媚茶地に千筋の着物を纏った男だ。
咄嗟に、音次だとおもった。
顔を確かめようと、一歩踏みだす。
「ぬえっ」
首が無い。
輪切りにされた傷口から、どす黒い血が溢《あふ》れだしている。
「ぎゃああ」
身を強張《こわば》らせ、自分でも驚くほどの悲鳴をあげた。
すとんと腰が抜け、血溜まりのそばにしゃがみこむ。
四つん這いになり、胃袋の中味をぶちまけた。
立ちあがることができず、腹這いのまま逃げようとこころみる。
ひたひたと、何者かの跫音が迫ってきた。
「うわっ」
来ないで、来ないでと、胸の裡で叫びつづける。

跫音が止まった。

すぐ近くから、こちらを見下ろしている。

おすずは、恐る恐る目をあげた。

泥に汚れた幼子の顔がある。

「……す、捨松。捨松なのね」

小さな肩を引きよせ、必死に掻き抱いた。

「みちゃいけない。みちゃいけないよ」

しばらくそうしていると、どうにか動けるようになった。

おすずは捨松を抱きあげ、その場から小走りに離れていく。

辻のほうから、ひとの声が聞こえてきた。

「あそこだ。早く、早く」

提灯を手にした御用聞きにつづいて、小銀杏髷《こいちょうまげ》の同心が駆けてくる。

近づいてきたその顔をみて、おすずは泣きだしてしまった。

三左衛門の友人でもある八尾半四郎だ。

「おい、おすずじゃねえか。何で、おめえがここにいる」

「みたんです。首の無い屍骸をみちまったんです」

「そうか。めえったな」

半四郎は溜息を吐き、後ろの辻に目をやった。

「あっ」

おるりだ。

惚《ほう》けたような顔で、地面をみつめている。

「あのお嬢さんが、首のほうをめっけた。たまさか、おれは夜廻りをしていてな。お嬢さんの悲鳴を聞きつけたってわけだ」

おすずは、腕に抱いた捨松をおろす。

「死んでいたひと、この子の父親なんです」

「えっ、そうなのか」

「音次っていう小悪党で、ほんとうの父親なんかじゃありません」

「おっかさんは」

「おいそさんです。身を売って生活《たつき》を立てています」

「なるほど。それにしても、ひでえありさまだぜ。いってえ、誰がこんなことをしでかしやがったのか」

「山城屋のお嬢さまのときと、手口は同じなのですか」

「首を斬られたってところはな。でも、こっからさきは詮索無用《せんさくむよう》だ。おめえは一刻も早く、今夜のことを忘れなくちゃならねえ」

「でも、下手人の目星はついておられるのですか」

おすずが口を尖《とが》らすと、半四郎は横を向いた。

「いいや、下手人をみた者もいねえしな」

その台詞に、捨松が反応する。

「おいら、みたよ」

「えっ」

半四郎とおすずは、同時に声をあげた。

捨松は眠そうな目を擦《こす》り、なめらかに喋りだす。

「痩せっぽちのお侍さ。顔はおかめだよ」

「おかめって、お多福《たふく》のことね」

「うん」

「おかめ顔の侍かよ」

半四郎が腕を組む。

咄嗟のことでもあり、妙な人相にみえたのかもしれない。

捨松は、音次が斬られたところもみていた。

「花に小便を引っかけてた。だから、斬られたのさ」

蒼白い閃光《せんこう》が走り、おもわず目を瞑《つむ》った。

そっと目を開くと、音次の首無し胴が倒れていたという。

これまで喋らなかった捨松が、はっきりとことばを発した。

そのことに感動をおぼえつつも、おすずは痩せた侍の顔を頭に浮かべていた。

「八尾さま、おはなししたいことがございます」

「何だよ、あらたまって」

「怪しいお侍がいるんです」

「ちょっと、待て」

半四郎は腰にぶらさげた竹筒を取り、黙って手渡してくれた。

おすずは渇いたのどを水で潤し、立花左京のことを告げた。

素姓や出遭ったときの印象をすべてはなすと、ようやく胸のつかえがおりたような気分になった。

「よく教えてくれたな。よし、あとはおれに任せておけ」

ぽんと胸を叩く半四郎が、不動明王《ふどうみようおう》にみえる。

「おすず、おめえもお嬢さんも、ゆっくりからだを休めるんだ。わかったな」

「はい」

おすずはすっかり気丈さを取りもどし、おるりのもとへ身を寄せる。

痩せた肩を抱きよせ、優しく手を取った。

温かい手に触れて安心したのか、おるりも立ちあがって歩きはじめる。

御用聞きの提灯に先導されて、ふたりは身を寄せあうように家路をたどった。

九

それから数日経ち、空は時雨《しぐ》れがちになった。

半纏《はんてん》を重ね着して炬燵に潜りこみたいほどの寒さのなか、おすずはいつものように甲斐甲斐しくはたらいている。

音次が死に、おいそは捨松を連れてどこかへ消えた。

寒空のもと、ちゃんと生きているのかどうか案じられたが、ふたりの消息を探る術《すべ》はない。

おるりはあの夜以来、床に臥せったままだ。

どうにか粥《かゆ》を啜るまでに快復したが、以前の輝きを取りもどすまで、もうしばらく掛かるだろう。どうして、たったひとりで式部小路に行ったのかも、問うことはできなかった。

一方、立花左京の行状は、半四郎の調べで判明した。

それとなく告げてくれたのは、三左衛門だ。

立花家は当主の将監が寄合《よりあい》に属する大身旗本で、数年前まで槍奉行《やりぶぎょう》をつとめていたという。

「立花将監は還暦《かんれき》に近いが、直参《じきさん》きっての遣《つか》い手《て》として名を馳《は》せたらしい」

三左衛門の説明によれば、今は役無しだが家禄は高く、家来や使用人もそれなりに多い。妻女の実家も同等の家格の旗本だが、外見ほど裕福ではなく、家計を少しでも助けるために、町娘相手に琴を教授しているらしかった。

琴を習っていたなかに、山城屋のおそめがいたと知り、やっぱりと、おすずはおもった。

おそめは小町娘だけあって、誰もが振りかえるほどの美貌《びぼう》を誇っていた。

琴を習う妙齢《みょうれい》の娘たちのなかでも、とりわけ目を惹いたにちがいない。

「意趣斬りという台詞も、勝手に岡惚《おかぼ》れした物狂《ものぐる》いが吐いたものかもな」

と、三左衛門は邪推してみせた。

勝手に岡惚れしたにもかかわらず、恋情が伝わらないと嘆いたすえ、凶事におよんだとすれば、まさに「物狂い」の所業《しょぎょう》としか言いようがない。

おすずが怪しいと踏む左京は、立花家の長男だった。

ところが、生まれつき脆弱《ぜいじゃく》ゆえに父から疎《うと》まれ、早い時期に次男が跡取りと定められていた。

半四郎が使用人に聞いたところでは、左京は「いないものとして」育てられ、一日のほとんどを奥座敷に引きこもって暮らしているという。

「父親は旗本きっての武芸者ゆえ、できそこないの子に辛く当たってきたのだろう」

三左衛門はそう言って、深々と溜息を吐いた。

この世のものとはおもえぬ怪しげな風貌も、辛い過去によってつくりだされたものかもしれない。

おすずは少し同情もしたが、左京への疑いは深まるばかりだった。

が、さすがの半四郎も、そこからさきへは容易に進めなかった。

一介の定町廻りにとって、探りを入れるには相手が大物すぎる。

そもそも、直参の行状を調べるのは目付《めつけ》の役目だし、怪しいというだけで本人に事情を糾《ただ》すわけにはいかない。

「八尾さんは、ほとほと困っておった。おすずのためにも何とかしてやりたいが、どうにも動きようがない。立花邸を何日も一晩中張《よっぴて》りこんで、おかめ顔の悪党が出てくるのを待つしかないが、それにも限界がある。だいいち、凶行が繰りかえされる保証もない。正直、お手上げだと嘆いておられた」

半四郎の立場も、苦労もわかる。

だが、凶行はかならず繰りかえされると、おすずはおもった。

それも近いうちにかならず、また、式部小路で誰かが首を飛ばされるにちがいない。

不吉な予感を掻き消すには、忙しくしているのが一番だ。

忙しさの合間には、誰かに慰めてほしい。

慰めてほしい相手は、もちろん、清兵衛だった。

でも、恵比寿講の夜以来、まともに口も利いていない。

店の勝手で昼餉を済ませたころ、清兵衛がそっと身を寄せてきた。

「おすず、はなしがある」

真剣な顔で言われたので、仕方なく裏口までついていく。

古井戸と簀戸が目にはいった。

溜息まじりに目を背けると、清兵衛はさっそく切りだした。

「何か勘違いしていないか」

「えっ」

「恵比寿講の夜、勝手の物陰に隠れていたろう」

「気づいていたの」

「ああ、気づかぬふりをしていたのさ。おまえはおれをやり過ごしたあと、物凄い勢いで飛びだしていった。おれとはなしていた相手を追いかけてな。ちがうかい。そうなんだろう」

「わかっていただなんて、意地悪なひとね」

おすずは言い捨て、その場から去ろうとする。

恥ずかしくて、穴があったらはいりたい気分だった。

「待ってくれ、おすず。黙っててほしいって頼まれたけど、もう我慢できない。これ以上、おまえに嫌われたら、おれは生きていけない」

「何言ってんの」

「嘘じゃない。聞いてくれ。あのとき、ここで逢っていた相手は、お嬢さまなんだ」

「えっ」

「だいじなはなしがあるからって、呼ばれたのさ。おすずのことだった。おれに恋情を抱いているって。恥ずかしがり屋だから、自分からは言い出せない。焦《じ》れったいから、自分が伝えにきた。お嬢さまは、そう仰った。そして、おれの気持ちを確かめようとしたんだ」

「清兵衛さんの気持ちを」

「うん」

おすずは、息をするのも忘れていた。

鼓動が高鳴り、胸苦しくなってくる。

「……そ、それで、何てこたえたの」

やっとのことで、ことばをしぼりだした。

清兵衛の喉仏《のどぼとけ》が、こっくんと上下する。

「おれは感きわまっちまって……。もちろん、おすずのことを好きだと言った。すぐにでも祝言《しゅうげん》をあげ、所帯を持ちたいともこたえた」

喜びが渦潮《うずしお》となって溢れてくる。

おすずは、清兵衛の胸に飛びこんだ。

「ごめんね。わたし、勘違いしていたの。誰か知らない事情ありのひとと逢っていたんだって、そうおもったら口惜《くや》しくて」

「だろうとおもった。挨拶ひとつしないし、顔もまともにみないんだからな。苦しかったんだぜ。ここ数日」

「ごめん、ほんとうにごめん」

「もういいさ。済んだことだ」

「うん」

「いろいろ厭なことが重なって、こんなときに何だけど」

清兵衛はおすずを抱きながら、そっと耳に囁いてくる。

「おれの嫁になってくれないか」

「……う、うん。いいよ」

うなずくと、大粒の涙が零《こぼ》れてきた。

――くわっ、かかあ。

古井戸に止まった鴉が、からかうように鳴いている。

おすずは涙をみせまいと、清兵衛の胸に顔を埋めた。

十

暦《こよみ》は変わって、霜月《しもつき》になった。

大櫓《おおやぐら》の聳《そび》える芝居町では、華やかな顔見世狂言がはじまった。

霜月の初子《はつね》の日に、商家では鼠にあやかった福徳祈願をおこなう。鼠の好物でもある大豆《だいず》や「福来《ふくらい》」と称する二股大根を三方に供え、燈明《とうみよう》を灯《とも》しながら厄払いをするのだ。

清兵衛と語りあった内容は胸に仕舞ったまま、おおやけにはしていない。

おまつや三左衛門が聞いたら、腰を抜かすにちがいなかった。

打ちあけるのは楽しみでもあったが、清兵衛とも「お嬢さまが快復するまでは黙っていよう」と約束しあった。

恵比寿講の夜以来、日本橋界隈で凶事に見舞われたというはなしは聞かない。凶刃をふるった下手人は煙と消え、おいそと捨松の行方も杳《よう》として知れなかった。

禍福《かふく》はあざなえる縄のごとしと言うが、おそめと音次を殺めた下手人が捕まらないかぎり、幸福の到来はあり得ない。いつまでも、落ちつかない日々はつづいていくことだろう。

三左衛門によれば、半四郎は御用聞きの仙三に命じ、時折、浜町河岸の立花邸を見張らせているらしい。ことに、左京の行動には目を光らせていたが、屋敷の外へ出てくる気配はないようだった。

それどころか、屋敷内でもすがたを見掛けぬようになったという。

琴を習いに通う町娘たちに、それとなく聞いてわかったことだ。

おすずは近頃、おもいちがいかもしれないと考えはじめている。

立花左京はただ、花を手向けにきただけなのかもしれない。

道端に目を向ければ、山茶花は散り、柊《ひいらぎ》の花が咲いていた。

白く細かい花よりも、棘《とげ》のある葉のほうが目を惹く。

不思議なもので、老木になると葉は棘を失ってしまう。

つるんとした葉を目にすると、おすずは少し悲しくなった。

ひとも草木と同じだ。生あるものには、かならず終わりがやってくる。

良い老入《おいれ》を迎え、天寿をまっとうするならまだしも、悪人の手に掛かって無残な死にざまを曝《さら》した者に救いはない。

おすずは銀座《ぎんざ》へ届け物をした帰り、芝居町の喧噪《けんそう》に足を踏みいれた。

大櫓がみえる。

林立する色とりどりの幟《のぼり》が、風にはためいている。

手前は堺町《さかいちょう》の中村座《なかむらざ》、その向こうは葺屋町《ふきやちょう》の市村座《いちむらざ》だ。

合わせて二丁町《にちょうまち》とも呼ぶ芝居町は、朝まだきから黒山の人で埋めつくされていた。

小屋の手前にはご祝儀の酒樽が山と積みあげられ、壁一面には勘亭流《かんていりゅう》の文字で書かれた大名題《おおなだい》看板が並んでいる。夜八つには頬被《ほおかむ》りした木戸芸者《きどげいしゃ》が立ち、名調子で口上を述べたり、役者の声色をまねたりする。暁《あけ》七つ（午前四時）の一番太鼓《だいこ》が鳴りひびくころ、鼠木戸《ねずみきど》のまえは押し合い圧《へ》し合いとなり、木戸銭を払って小屋に一歩踏みこむや、絢爛豪華《けんらんごうか》な舞台が目に飛びこんでくる。

二丁町は一日千両の落ちるところ、芝居茶屋に出入りする役者や華やかに着飾った娘たちを眺めているだけでも飽きない。

中村座の手前には、人形浄瑠璃《にんぎょうじょうるり》をみせる薩摩座《さつまざ》があった。

小屋のまえには、何体かの人形が引札《ひきふだ》替わりに並んでいる。

「あっ」

おすずは、はっとして足を止めた。

物言わぬ人形の顔を眺めていたら、捨吉の発した台詞が耳に蘇《よみがえ》ったのだ。
——痩せっぽちのお侍さ。顔はおかめだよ。
式部小路で捨吉がみたのは、下手人の顔ではない。
面《めん》なのだ。
下手人は、おかめの面をかぶっていたのだ。
道端に花を手向けた立花左京は、面をかぶっていなかった。
凶刃をふるうときだけ、おかめの面をかぶるのだろうか。
中村座のほうから、鉦《かね》や太鼓の賑やかな音が聞こえてきた。
我に返ってみれば、浮かれた一団が踊りながら近づいてくる。
なかには、おかめやひょっとこの面をかぶった者もまじっていた。
芝居を観にきた連中が、微酔《ほろよ》い気分で踊りだす。
こうしたことは、何もめずらしいことではない。
ふと、沿道で眺める者たちのなかに、三左衛門のすがたをみつけた。
中村座と市村座のあいだにある福山蕎麦《ふくやまそば》へ、好物の蕎麦でもたぐりにきたのだろう。
「父上、父上」

必死に呼びかけても、喧噪に掻き消されてしまう。
三左衛門の背中は、人混みのなかに紛れていった。
おすずは踊りの一団に巻きこまれ、どんどん押し流されていく。
「やめて、助けて」
息もできない。
まるで、渦潮に呑みこまれたかのようだ。
気づいてみると、踊りの一団はいなくなっていた。
喧噪は嘘のように消え、露地の狭間に取りのこされている。
道の片側には、出入り口もわからない蔭間茶屋《かげまぢゃや》が並んでいた。
芳町だ。
芝居町と背中合わせの裏道は昼でも薄暗く、淫靡《いんび》な空気が漂っている。
踊りの一団に巻きこまれたのは、おすずだけではなかった。
「かえで、かえで」
名を呼ぶ声に振りむけば、馬面の若旦那がよろめきながら駆けてくる。
箔屋の次男、白金屋幸太夫だった。
幸太夫はおすずをみつけ、慌《あわ》てた様子で尋ねてきた。

「すまぬ。商家の娘をみなかったかい」

名はかえで、派手な衣装を纏った妹のことだ。

それと察しながらも、おすずは首を横に振った。

「芝居好きの妹につきあって来たはいいが、はぐれてしまってねえ。神隠しにでも遭ったのではないかと案じているのだ」

神隠しとは言わないまでも、おすずも不吉な予兆《よちょう》を感じていた。

芳町の露地裏には、冷たい風が吹きぬけている。

――ぎゃああ。

突如、女の悲鳴が聞こえてきた。

式部小路で耳にした、おるりの悲鳴と重なる。

つぎの瞬間、幸太夫は奔馬《ほんば》のように駆けだしていた。

おすずも裾を端折《はしょ》り、必死にあとを追いかける。

隧道のなかを駆けぬける気分だ。

辻を曲がったところで、幸太夫は何かに躓《つまず》いた。

「うわっ」

地べたには、首の無い屍骸が転がっている。

女の着物を纏った蔭間だった。

着物を血で染めながらも、幸太夫は立ちあがる。

眼差しのさきには、おかめの面をかぶった侍が佇《たたず》んでいた。

右手に血の滴る刀を握り、首だけを捻っている。

そして、黒く塗った塀際には、なかば気絶しかけた娘が蹲《うずくま》っていた。

「かえで、生きているのか」

生きてはいる。

だが、兄の声に反応できない。

あまりの恐怖に縮みあがっているのだ。

おかめが喋った。

「意趣斬りじゃ。あの娘を成敗《せいばい》いたす」

「……な、何を言う」

「屋敷で喋りかけても、返事をせなんだ。わしを袖にした報いじゃ」

「くそっ、物狂いめ」

幸太夫は発するや、猪《いのしし》のように突進した。

不意を衝かれた相手は、地べたに尻餅《しりもち》をつく。

その拍子《ひようし》に、面が外れた。

「あっ」

おすずは声をあげた。

老いた顔の侍だ。

立花左京ではない。

目と目が合った。

「おぬしは誰じゃ。箔屋の下女か」

必死に首を振った。

ことばが出てこない。

「……ぬぐっ」

低く呻いた幸太夫の腹には、刀の切っ先が刺さっている。

勇敢な兄は地べたに這いつくばりながら、無駄な抵抗をこころみた。

「邪魔だ。退《の》けい」

老いた侍は身を起こし、ずぽっと刀を引きぬくや、幸太夫を蹴倒す。

そして、こちらに背をみせ、かえでのほうに向きなおった。

本身を高く翳《かざ》し、光る刃を舐めるように眺める。

うっとりした目をしながら、頰をひきつらせた。

笑っているのだ。

物狂いが、笑っている。

かえでは、獲物なのだ。

「やめて、やめて」

おすずは、声をかぎりに叫んだ。

「黙れ、下女」

物狂いが振りむき、右八相《みぎはっそう》に構えて迫ってくる。

と、そのとき。

誰かの声が、耳に飛びこんできた。

「あそこです。あそこに人斬りがいる」

「それ、捕らえろ」

捕り方の声が、天の声に聞こえた。

「ちっ」

人斬り侍は残念そうに顔を歪《ゆが》ませ、風のように去っていく。

血溜まりのなかに、白いおかめの面だけが残されていた。

おすずは、その場にへたりこむ。
そこへ、捕り方の一団が駆けつけてきた。
先頭で率いているのは、黒羽織の八尾半四郎だ。
なぜか、蕎麦を食っていたはずの三左衛門もいる。
「おすずではないか。どうして、ここにおる」
聞きたいのは、こっちのほうだ。
おすずは、三左衛門の腕にしがみついた。
あまりの恐怖に、涙も出てこない。
半四郎はかえでを手下に任せ、傷を負った幸太夫を介抱する。
「傷は深《ふけ》えが、助かるかもしれねえ」
そのことばが、おすずにとっては唯一の救いだった。

十一

翌日は、天竺屋のおとくから休みを貰った。
夕方になり、心配した清兵衛が訪ねてきてくれたのが嬉しかった。
おまつは顔見知りなので気にしなかったが、初対面の三左衛門は何やら落ちつかない様子だった。

清兵衛は住みこみの奉公人で、神田明神下の裏店《うらだな》に母親がいる。父親は幼いころに亡くなり、兄弟姉妹もなく、行商で生計を立てる母親のからだをいつも案じていた。所帯を持ち、いずれは自分の店を構えたいと、きらきらした目で夢を語ってくれたこともあった。

そんな清兵衛への恋情を、おまつや三左衛門にも知ってほしかったが、今は無理だ。

芝居町で遭遇した恐怖から立ちなおるには、今しばらく時が要る。

清兵衛は名残惜しそうに去り、夕餉も済んだころ、めずらしく小銀杏髷の半四郎がやってきた。

「どうでえ、おすず。少しは元気になったか」

半四郎は上がり框《がまち》に尻をおろし、三左衛門に何か伝えたそうにしている。

「お邪魔なら、外しましょうか」

おまつは気を利かせたが、その必要はないと、おすずはおもった。

たぶん、物狂いの人斬りについて、何かわかったのだろう。

「八尾さま、わたしにもお聞かせください」

おすずが真剣な眼差しを向けると、半四郎は三左衛門やおまつに目顔で了解を取り、おもむろにはなしはじめた。

「まずは、昨日の経緯《いきさつ》からだ。おれは浅間さんと落ちあい、とある男のあとを尾《つ》けた。そいつは、立花左京だ。見張りにつけた仙三から、屋敷を出て芝居町に向かったと連絡があってな」

三左衛門にも使いをやり、福山蕎麦で待ちあわせ、先まわりして左京が着くのを待ちかまえていた。

「仙三はへまをしねえ。左京が芝居茶屋に腰を落ちつけたのを確かめ、福山蕎麦へ駆けこんできた」

やおら腰をあげ、芝居茶屋へ向かうと、ちょうど、左京は銭を払って立ちあがったところだった。

気づかれぬように尾けていくと、突如、浮かれて踊りだした一団に巻きこまれた。

混乱のなかで左京を見失い、手分けして二丁町を捜しまわった。

すると、血相を変えた蔭間が「殺しだ、殺しだ」と叫びながら走っているのに遭遇したのだという。

「そっからさきは、おすずもみたとおりだ」

つまり、半四郎たちは立花左京を尾行していて、陰惨な人斬りの現場へ導かれた。

「だから、おめえの読みも、あながち外れちゃいねえ。物狂いの下手人は、立花左京に関わりのある野郎だ。しかも、老いた侍となりゃ、しぼられてくる」

おすずも、おまつも、ごくっと唾を呑んだ。

「怪しいのは、父親の立花将監さ」

「なるほど」

驚きを隠せないおすずとおまつを差しおき、三左衛門だけが納得顔でうなずいてみせる。

「おすずに下手人の面相を聞いたとき、何となく、そうではないかとおもった。殺められた友禅染屋の娘も、狙われた箔屋の娘も、立花家へ琴を習いに通っていた。ゆえに、ふたりを見知っていなければならぬ。左京でないとすれば、当主か次男。老いているとすれば、当主しかいない」

「さすがの読みだな」

「されど、理由がわからぬ。身分の高い旗本の当主が、なにゆえ、町娘を刃に掛けるのか」

「おれもそいつが知りたくて、昨日から寝ずに調べてみた」

「何か、わかりましたか」

「へへ、ひとつ、おもしれえことがわかった。立花将監は銘刀の蒐集家《しゅうしゅうか》でな、出入りの古物商《こぶつしょう》がいる」

その古物商が立花家を訪れた翌日、それと符牒《ふちょう》をあわせるかのように凶事がおこった。

「友禅染屋の娘が殺られた日の前日もそうだし、一昨日も古物商は訪ねていやがった。それだけじゃねえ。恵比寿講の前日もそうだ」

古物商は立花将監のもとへ、五郎入道正宗《ごろうにゅうどうまさむね》が打ったとされる相州伝《そうしゅうでん》の逸品を持ちこんだという。

「古物商を脅しあげて聞いたから、確かなはなしさ」

要するに、人殺しがあったのは、いずれも、立花将監が古物商から新たに銘刀を購入した翌日のことだった。

「なるほど、様斬《ためしぎ》りか」

三左衛門は、重い溜息を吐く。

半四郎は、じっくりうなずいた。

「刀の切れ味を験《ため》すためだとしたら、人外の所業だぜ。失敗《しくじ》らぬよう、慎重に相手を選んでいやがる。町娘ならば、抵抗されることもなかろうしな」

しかも、狙った娘には事前に声を掛け、殺しの予告を与えている。

「そいつはなぜか、本人に聞かなきゃわからねえことだが、罪業から逃れてえ気持ちからやったことかもしれねえ」

わざわざ、娘たちが斬られねばならぬ理由をつくったのだ。

――意趣斬り。

と発することで、様斬りを正しいことと信じこもうとしたにちがいない。

「でもな、物狂いのおもいどおりにゃいかなかった。音次を斬ったときがそうだ。物狂いが昂じて、獲物を選ぶ余裕がなくなった。だから、友禅染屋の娘を斬った式部小路の暗がりに潜み、じっと獲物を待っていたのさ」

そこへ、音次がやってきた。

手向けた花に小便を掛け、首を飛ばされたのだ。

そして、おるりもやってきた。

あとで本人に聞いたはなしでは、おそめの霊に成仏してもらおうと、日に一度は参っていたという。

「順序が逆さなら、おるりが殺られていた。まったく、身勝手な野郎だぜ」

「おおよその筋は、わかりました」

三左衛門は腕を組み、いつになく真剣な顔になる。

「さて、ここからが本題だ」

「そのとおり。相手は腐っても大身旗本。一介の定町廻りが手出しのできる相手じゃねえ」

「かといって、目付筋に訴えれば、揉み消される怖れもある。弱りましたな」

考えこむふたりを、おすずは厳しい目で睨みつけた。

「まさか、このまま指をくわえてみているわけじゃありませんよね」

半四郎が驚いたように顔をあげ、にっこり笑いかけてくる。

「あたりめえさ。落とし前は、きっちりつけてやる。ただな、鈍い頭に手管《てくだ》が浮かばねえだけさ」

「いかがでしょう。ひとつ、仕掛けを講じてみては」

三左衛門のことばに、半四郎が身を乗りだす。

「仕掛けとは」

「古物商に化けて、やっこさんを誘いだす」

「なるほど、そいつは良い考えだ。銘刀を手にすれば、ふらりと外に出たくなる」

「獲物を求めて、さまよいはじめる」

「そこに囮《おとり》を差しだせば、刀を抜くにちがいねえ。だが」

と、半四郎は眉間《みけん》に皺を寄せる。

「こいつは危ねえ橋だ。いってえ、誰を囮にするか」

「わたしがやります」

三左衛門が静かに言った。

「物乞いにでも化けて進ぜましょう」

「いや、難しいな。物狂いは、斬る相手を選ぶ」

すかさず、おすずが膝を進めた。

「わたしにやらせてください」

半四郎は、驚いた顔で首を振る。

「駄目だ。おめえにやらせるわけにゃいかねえ」

「いいえ。やらせてください。わたしは、顔をみられています。刀を売った翌日、立花家へお使いに出してもらえば、うまくやります。あいつはわたしをみつけたら、かならず斬ろうとするはずです」

「たしかに、確実に食いついてくるな」

三左衛門のことばに、おまつもうなずく。

「物狂いを始末しないことにゃ、夜もおちおち眠れやしない。おすず、おまえにその気があるのなら、俠気をみせておやり」

おまつは目に涙を溜めて言い、三左衛門をみつめた。

「八尾の旦那とおまえさんを信じている。だいじな娘の命を守ってくれるって信じているから、この子にやらせてくださいな」

おまつの意外なことばには、娘への情が詰まっている。

「わかった。おすずを、ぜったいに死なせやしねえ」

と、半四郎は約束する。

三左衛門は無言でおすずの手を握り、おまつの肩を抱きよせた。

もう、後戻りはできない。

物狂いの悪党を成敗してやるのだと、おすずは胸に誓った。

十二

寒空に冴えた月を仰ぐと、血に濡れた刃をおもいだし、背筋がぞくっとなる。

絶好の機会が訪れたのは、それから半月ほど経った冬至《とうじ》のころだ。

天竺屋でも柚子湯《ゆずゆ》を焚《た》き、寒の入りに備えていた。

家族総出で産土神《うぶすながみ》へ詣でる七五三の賑わいも済み、江戸には信州《しんしゅう》や越後《えちご》から「椋鳥《むくどり》」と呼ぶ出稼ぎ人たちがどっと押しよせてきた。

昨夜、古物商に化けた三左衛門は立花家を訪ね、刀を売りつけるのに成功した。

天下人の秀吉《ひでよし》が天下の三名工にも選んだ郷義弘《ごうよしひろ》の逸品で、茎《なかご》に銘《めい》はきられておらず、真贋《しんがん》の区別はつきにくい。だが、本阿弥家《ほんあみけ》の鑑定書はついていた。ほかでもない、半四郎が出入りの古物商を脅して、理由も告げずに借りうけた品だった。

蒐集家のあいだでも「郷と化け物には出遭ったことがない」と言われる稀少な品だけあって、はなしを入れると、立花将監は飛びついてきた。

これを巧みに変装した三左衛門が持ちこみ、破格の値段で売ったのだ。

将監はあまりの嬉しさに舞いあがり、これが罠《わな》であることに気づかなかった。

段取りはできたが、ひとつだけわからないことがある。

将監ではなく、左京のことだ。

なぜ、父親のあとを追って、屋敷を抜けだしたのか。

しかも、なぜ、凶事のあったところへ、わざわざ足を向けたのか。

おそらく、物狂いと化した父親の行状を知っているにちがいないが、確かなことは本人に聞いてみなければわかるまい。

「さあ、おまえの番だ。平常心を保て」

「はい」

立花家の門前で、おすずは物乞いに化けた三左衛門に背中を押された。

すでに、将監が屋敷にいることは確かめてある。

琴を習いにきた娘たちを物色しているであろうことも想像できた。

誰かに白羽の矢が立つまえに、この身を晒してやるのだ。そのために、わざわざ、半四郎が古物商から奪った刀の鍔《つば》を預かってきた。

新しい刀に似合った鍔を届けることは、三左衛門の口から申しつたえてある。

目通り願いたいと頼めば、将監本人が出てくるにちがいない。

そうであることを祈りつつ、おすずは潜り戸を抜けた。

応対にあらわれた用人の背にしたがう。

すでに、用件は告げてあった。

案内されたのはいつもの勝手口ではなく、簀戸を抜けた中庭だ。

おおまかな屋敷の配置は、三左衛門に教わっていた。

当主の部屋が中庭に面しているのも知っている。

「さあ、あそこにおわす」

「失礼いたします」

おすずは用人の小脇を擦りぬけ、枯れ木のめだつ中庭を足早に横切った。

将監は着流しのまま、濡《ぬ》れ縁《えん》に座っている。

手に入れたばかりの「郷義弘」を鞘から抜き、舐めるように眺めているところだ。

「あの、ご当主さま」

おすずは凜とした声で呼びかけ、手にした包みを解く。

象嵌《ぞうがん》に工夫を凝《こ》らした、地透《じす》かしの鉄鍔があらわれた。

「ほう、意匠《いしょう》は柊か。めずらしいな」

おすずよりも、鍔のほうに目が向く。
芳町で目にした物狂いの顔とは、似ても似つかなかった。
まるで別人のようだが、放つ気配は尋常なものではない。
こいつだ。
やっぱり、こいつが山城屋のお嬢さまを斬ったのだ。
じっと睨みつける気配を察したのか、将監が顔をあげた。
「おや、小娘。どこかで逢ったか」
こたえない。
口をもごつかせると、将監がすっと立ちあがった。
右手に銘刀を提げている。
ここで斬られるのか。
不吉な予感が過《よぎ》った。
と、そこへ。
別の気配が、音もなく近づいてくる。
「ん、左京か」
廊下の端からやってきたのは、蒼白な顔をした息子だ。

「何用じゃ」

問われても、左京は薄く笑うだけでこたえない。

「用がないなら、顔を出すな」

きつく叱られ、左京は廊下を戻っていく。

たったそれだけのことだ。

おすずは狐につままれたような気分だった。

もしかして、救ってくれたのだろうか。

いいや、そんなはずはない。

「小娘、帰ってよいぞ」

「はい」

「いや、待て。古道具屋はたしか、元大工町にあったな。式部小路を通って店に帰るのか」

「はい、さようにござります」

「よし、すぐに日が暮れる。道中、気をつけるがよい」

将監はおすずの眸子の奥を覗き込むようにして言う。

おすずは一瞬、意識が遠のく気がした。

「はい、かたじけのうございます」

「行け」

ほっと胸を撫でおろし、中庭を小走りに戻る。

用人への挨拶もそこそこに、潜り戸から外へ逃れた。

築地塀《ついじべい》に寄りかかっていた物乞いが、ゆっくり歩きだす。

その歩みに合わせ、おすずも歩きはじめた。

反対の辻陰には、半四郎と仙三も潜んでいるはずだ。

物狂いの将監を挟みうちにし、罠に嵌《は》める段取りはできた。

十三

将監はやってくるのか。

おすずは物乞いに化けた三左衛門の背中を追いかけ、天竺屋までの通い馴れた帰路をたどっていた。

夕暮れを選んだこともあって、あたりはすでに薄暗い。

ともすれば、見失ってしまいかねないので、三左衛門は間合いを上手にはかりながら導いてくれた。

江戸橋を渡って振りかえっても、将監らしき人影はない。
半四郎や仙三も見当たらず、心配になってきた。
どちらにせよ、将監を誘いこむさきは式部小路だ。
みな、同じところをめざして来る。
案ずることはない、案ずることはないと、みずからに暗示を掛け、歩きつづける。
気づいてみると、三左衛門のすがたが消えていた。
だっと、駆けだす。
佐内町のさきで辻を折れると、物乞いがとぼとぼ歩いていた。
ほっと安堵《あんど》し、背中を追う。
どんつきの三《み》ツ叉《また》を左手に曲がり、ひとつ目を右手に曲がれば、式部小路だ。
物乞いは、三ツ叉を右手に曲がった。
「あれ」
おすずは声を出し、また駆けだす。
暗がりに遠ざかる物乞いの背中は、何となく小さい。
急いで追いつき、まわりこんでみた。

ちがう。
三左衛門ではない。
本物の物乞いが、虚《うつ》ろな目でみつめている。
道の左右をみた。
人影はなく、ぽつんと取りのこされてしまった。
たぶん、三左衛門は式部小路で待っているにちがいない。
でも、待っていなかったらどうしよう。
後ろ向きのことを考えると、足が竦《すく》んでしまう。
迂回して呉服町へ戻る手もあったが、おすずはそうしなかった。
千載一遇《せんざいいちぐう》の機会を逃すわけにはいかない。
囮になると、みずから言いだしたのだ。
役目を全《まっと》うしなければ、おまつにも顔向けできない。
おすずは踵《きびす》を返し、三ツ叉からひとつ目の小径を右手に曲がった。
式部小路だ。
いつにもまして、暗い。
途中まで進むと、瘴気がむらむらと漂ってくる。

成仏できぬ霊魂《れいこん》が、恨みを晴らしてほしいと泣いているのだ。
足がおもうように進まない。
鉛《なまり》を貼りつけたかのようだ。
振りかえる勇気もなく、ただ、亀のように進む。
もうすぐ、おそめが斬られたところだ。
音次の生首もそこに転がった。
もはや、花を手向ける者もなくなり、血腥《ちなまぐさ》い臭いだけが残っている。
流れた大量の血は、地中深く染みこんだにちがいない。
おすずは、ぎゅっと目を瞑った。
何もみずに、通りすぎようとおもったのだ。
薄い膜に搦《から》めとられるように、おすずは足を止めた。
金縛りだ。
からだが、ぴくりとも動かない。
「くふふ、くふふ」
血痕《けっこん》の付いた板塀のほうから、低い笑い声が聞こえてきた。
みてはいけない。みてはいけない。

おすずは目を閉じ、両方の拳を握りしめた。

「子兎《こうさぎ》め、わしから逃げられるとでもおもうたか」

首筋に冷気が走る。

おすずは、ぱっと目を開けた。

「ひゃっ」

すぐそばに、般若《はんにゃ》が立っている。

般若の面をかぶった侍だ。

手にした刀を掲げ、うっとり眺めている。

「郷義弘じゃ。わずかな光でも、これだけ光ってみせる。紛《まご》うかたなき大業物《おおわざもの》よ。なれば、験さずにおられようか。のう、おぬしとは芝居町で一度遭うた。二度はあるまいとおもうたが、これも神仏のお導きじゃ。くふふ、おぬしはな、わしに斬られるために生まれてきた。何も案ずることはない。これが宿命なのじゃ」

おすずは、煌《きら》めく刃に魅入《みい》られた。

宿命と言われれば、そうかもしれない。

三左衛門を見失ったのも、神仏のお導きなのだ。

「覚悟せい」

般若面が腰を落とし、右八相に構えなおす。

「ぬえいっ」

気合いを発した瞬間、一陣の黒い風が通りぬけた。

般若の面がふたつに割れ、地べたに落ちている。

面を失ったのは、将監にほかならない。

浅傷《あさで》を負い、額から血を流している。

おすずの面前には、誰かが壁となって立ちはだかっていた。

「おのれ、左京」

将監は唸りあげ、何者かを斬りつける。

——ばすっ。

袈裟懸《けさが》けだ。

壁がくずれた。

「……ち、父上……お、おやめくだされ」

おすずを守ろうとしたのは、立花左京であった。

父の繰りだした凶刃に倒れ、激しく血を吐いている。

動顚《どうてん》したおすずの肩が、誰かの手でぐっと引きよせられた。

「すまぬ、おすず。遅くなった」

三左衛門だ。

荒い息を吐いている。

町じゅうを駆けずりまわり、捜していたのだ。

すぐそばには、半四郎と仙三のすがたもあった。

将監は気にも掛けず、斬り捨てた息子を見下ろしている。

「できそこないめ。何ゆえ、父を阻《はば》む。わしは家禄三千石の寄合ぞ。銘刀の様斬りをして、何がわるい」

吼《ほ》えあげ、息絶えた息子の胸を踏みつける。

「物狂いめ」

三左衛門はつぶやいた。

ようやく、将監は別の気配に気づく。

「ん、おぬしは昨夜の古物商ではないか。銘刀の切れ味を確かめにまいったか」

「哀れなものよ。いつになったら、悪夢から覚めるのだ」

「何だと」

将監は、眸子を怒らせた。

三左衛門は、半四郎に問いかける。

「八尾さん、縄を打つ暇も惜しかろう。ここはひとつ任せてくれ」

溜息が返事の代わりだ。

「おぬし、何者じゃ」

将監に問われ、三左衛門はこたえた。

「一介の浪人だが、この娘の父親でもある」

「ふうん、どうやって、娘の命を守る。わしは、直参屈指と評された達人ぞ」

「ふん、おぬしはただの物狂いだ。この場で成敗せねば、死んでいった者たちに申しわけが立たぬ」

「ほざけ、下郎」

将監は得手とする右八相から、袈裟懸けを仕掛けてくる。

三左衛門は抜き際の一撃でこれを弾き、逆手持ちに換えて脇腹を刺した。

「ぬぐっ……お、おぬし、小太刀を使うのか」

「さよう。気づくのが遅すぎたな」

「何の」

将監はよろめきながら、最後の力を振りしぼった。

郷義弘を大上段に構え、ぐいっと胸を張りだす。

――ひゅん。

刹那、一尺五寸に満たない刃が唸った。

将監の喉笛がぱっくり裂け、どす黒い血が噴きだしてくる。

三左衛門は返り血を避け、するりと脇へ退けた。

物狂いは前のめりに倒れ、血溜まりを泳ぐように手を伸ばす。

震える指先には、できそこないと罵《ののし》られた左京の屍骸があった。

「終わったな。おすず、おめえの手柄だ」

半四郎が、優しく語りかけてくる。

「さあ、父上と行け。おれたちは悪い夢をみた。どんな夢でも醒《さ》めねえ夢はねえ。今日のことは忘れろ」

おすずは、こっくりうなずく。

その肩を、三左衛門が包みこんだ。

漆黒《しっこく》の空から、白いものが落ちてくる。

「おっ、初雪だ」

御用聞きの仙三が声を張りあげた。

浮かばれぬ霊魂を慰めるかのように、雪は音もなく降りつづいた。

十四

師走《しわす》十三日の煤払《すすはら》いも終わり、しんしんと雪の降るなか、浅草寺《せんそうじ》や富岡八幡宮《とみおかはちまんぐう》の境内には門松《かどまつ》や注連縄《しめなわ》などの正月飾りを売る歳《とし》の市が立った。

家々の屋根は雪の衣を纏い、往来で滑るひとのすがたも見掛けるようになった。

すっかり快復したおるりに請われ、おすずは日本橋大路の水茶屋までやってきた。みたらし団子と茶を注文し、通りを隔てた向こうに建つ『白金屋』を覗きこむ。

表口には、傷が癒《い》えきっていないのか、ぎこちない仕種《しぐさ》で接客をする幸太夫がいた。

「おすず、芝居町での出来事を、おまえが教えてくれたろう。わたしはね、幸太夫さんのことを見直したよ。素手で物狂いの悪党に立ちむかうなんて、ちょっとできることじゃないからね」

「わたしも、そうおもいます。白金屋さんの若旦那はあのとき、一片のためらいもみせませんでした。おかげで、かえでさまもわたしも助かったんですから」

「弱い者を命懸けで守る。それこそ、男のなかの男だよ」

「見掛けによらず、俠気があるんですよ」

幸太夫を褒めちぎりながらも、おすずは清兵衛のことを考えていた。

おるりは袖をたくしあげ、串団子を手に取る。

「さすが、おすずのおっかさんが引きあわせてくれた相手だね」

「それじゃ」

「うん、決めた。あのひとにする」

にっこり笑ったおるりの顔が、午後のやわらかな光に輝いた。

母親のおまつを褒められたのが、自分のことのように嬉しい。

「あのひとは誰だい。さっきからずっと、こちらをみているみたいだけど」

「えっ、どこですか」

大路の向こうに目をやると、子連れの女がお辞儀をした。

「あっ」

叫ぶと同時に、おすずは立ちあがる。

すかさず、おるりが言った。

「行っておあげな」

「はい」

おすずはその場を離れ、弾む足取りで大路を横切る。

辻のそばで待っていたのは、おいそと捨松だった。

「お姉ちゃん、こっちこっち」

捨松が、笑いながら手を振っている。

おすずは駆けよると、小さなからだをぎゅっと抱きしめた。

「痛いよ、お姉ちゃん」

「ごめん。どうしてた。元気にしてたの」

「うん」

おいそは肩に担いだ笊《ざる》を外し、中味をみせる。

「ほら、大根に青菜に南瓜《かぼちゃ》。よかったら、おひとついかが」

目を丸くするおすずに向かい、おいそは胸を張った。

「わたしね、野菜の行商をしているんだ」

「ほんとう」

「ああ、嘘じゃない。あんたに言われたことが堪《こた》えたのさ。母親なら、もっとしっかりしろって、必死に言ってくれたろう」

「そんなこと、言ってないよ」

顔を赤くしてうつむくと、下から覗きこんでくる。

「いいや、わたしはこの耳でちゃんと聞いたよ。だからこうして、性根を入れかえられたんだ」

心の底から嬉しかった。

おいそのことばに嘘はない。

捨松をみれば、すぐにわかる。

一度も笑ったことのなかった捨松が、楽しそうに笑っているからだ。

「この子が喋るようになったのも、あんたのおかげさ。あんただけがいつも、捨松に優しくしてくれた。この子のことを、親身になって心配してくれた。子どもには、わかるんだよ。真心のあるひとと、そうでないひとのちがいがね。それからもうひとつ、伝えておかなきゃいけない」

「なあに」

「じつは、行商の手ほどきをしてくれたお方があってね。あんたもご存じのお方さ」

誰だろう。おもいあたる人物はいない。

「手代に清兵衛ってのがいるだろう。そいつのおっかさんだよ」

「えっ、そうなの」

たしかに、清兵衛の母親も、野菜の行商をしながら子を育ててきた。

「おすずさん、ありがとう。あんたのおかげで、わたしたちは、こうして生きながらえられた。これからも他人様の親切に縋りながら、それでも、胸を張って生きていこうとおもう。そして、いつかは恩返しをしたい。この子が大きくなったら、まっさきに恩返しにくるからね」

おいそは涙を溜めて言い、おすずも号泣しはじめる。

しばらく泣いて気持ちがすっきりすると、おいそがはなしかけてきた。

「ところで、祝言はいつだい」

「そんな、まだ相談もしていません」

「お相手は、清兵衛さんと決めたんだろう」

「えっ。あ、はい」

「だったら、善は急げだよ。しっかりね」

「ありがとう」

「またね」

「はい」

おすずはふたりとの別れを惜しみつつ、おるりのもとへ戻った。

「空樽拾いの小僧と、おっかさんだね」

「はい」

「あの子の笑った顔、はじめてみたよ」

「わたしもです」

「おまえがいない間に考えたんだけど。わたしとおまえ、どっちがさきに祝言をあげるか、何かを賭けてみるってのは、どう」

「それじゃ、みたらし団子をひと皿」

「うふふ、そうしよう」

今日は朝から冬日和、蒼天《そうてん》には一朶《いちだ》の雲もない。

おすずは団子を横串にして、器用に囓《かじ》りとった。

まだら雪

一

新春。

黄金色《こがねいろ》の福寿草《ふくじゅそう》が雪を割って咲いたころ、おすずは白無垢《しろむく》を纏《まと》い、清兵衛のもとへ嫁入りすることとなった。

物心ついたときから暮らしてきた照降長屋の小さな部屋で、おすずは鬢《びん》に白いものがめだちはじめた三左衛門とおまつに向かい、三つ指をつく。

このときばかりは、妹のおきちも閉《た》てられた戸の外に出された。

おすずの声が震えだす。

「父上、おっかさん、ふつつかなわたしを今日まで慈《いつく》しみ、だいじに育てていただき、心から感謝いたします。ほんとうに、ほんとうに、ありがとうございました」

「ふん、何言ってんだい……ずいぶん、立派になっちまって……う、うう」

おまつは堪《たま》らず、嗚咽《おえつ》を漏らす。

三左衛門は天井を見上げたが、溢《あふ》れる涙は止めようもない。

おまつが両手を伸ばし、我が子の手をしっかり握ってやる。

「きれいだよ、おすず。さあ、長屋のみなさんにお披露目《ひろめ》しておあげ」

三左衛門がさきに立ち、引き戸を開けた。

「わああ」

歓声が沸《わ》きおこる。

部屋の外には人垣ができており、見知った顔が満面の笑みを浮かべていた。

「姉《ねえ》さん」

おきちが縋《すが》りつき、手を取って得意気に先導しはじめた。

白い綿帽子《わたぼうし》をかぶったおすずは長屋のみんなに一礼し、うつむき加減に歩きだす。

後ろから打掛《うちかけ》の裾を持つのは、着付けを手伝ってくれた洗濯女のおせいだ。

おせいの亭主で三左衛門の釣り仲間でもある轟十内《とどろきじゅうない》の顔もある。下駄屋《げたや》の次郎吉《じろきち》はすっかり禿《は》げてしまい、おすずを幼いころから恋慕していた息子の庄吉《しょうきち》は赤ん坊を抱いている。大家の弥兵衛《やへえ》はあいかわらず鼻を赤くさせ、よほど嬉しいのか、しきりに洟水《はなみず》を啜っていた。鉄砲水《てっぽうみず》のさなかにおきちを取りあげてくれた産婆《さんば》のおとらも、へっつい河岸から駆けつけてくれた。

幇間《ほうかん》のように踊っているのは、叔父の又七にちがいない。大晦日は債鬼《さいき》から逃げまわっていたが、年が明けて早々は縁起物の宝船や双六《すごろく》を売りあるいていた。今日は祝いの賑やかしにと、太神楽《だいかぐら》の門付け芸人を引きつれてきた。木戸の外には獅子舞《ししまい》もおり、笛や太鼓に合わせて踊っている。

華やいだ雰囲気のなか、綿帽子の花嫁は静々と進んでいった。

辻には火消しの鳶《とび》たちが整列し、雄壮な木遣《きや》りで送りだしてくれる。澄みわたった蒼天に朗々《ろうろう》と歌声が響き、踏みかためられた雪道には柳樽《やなぎだる》や祝いの品を携えた長屋の連中が長々とつづいた。

「庄吉よ、どこまで行くんだ」

祝儀銭を握った禿げ親爺に問われ、赤ん坊を抱いた息子のほうが笑ってこたえた。

「新居にきまっててんじゃねえか。神田明神下の裏長屋だよ。新郎のおっかさんもいる。おすずちゃんは、そこに輿入《こしい》れすんのさ」

「ふうん、神田明神下まで歩くとはな、恐れ入谷《いりや》の鬼子母神《きしもじん》だぜ」

「花嫁の晴れ姿を、江戸じゅうにお披露目するのさ」

「そうすりゃ、照降長屋の評判もあがる。下駄も傘も好きなだけ売れるってわけか」

「おとっつぁん、取らぬ狸《たぬき》の皮算用《かわざんよう》はやめときな」

「へへ、戯《ざ》れただけさ。おすずは欲得抜きで嫁にいく。おめえは口惜《くや》しいだろうが、相惚《あいぼ》れ同士がくっついたんだ。これほど、めでてえはなしもあんめえ」

三左衛門もおまつも堂々と胸を張り、沿道に会釈しながら先頭を歩く。

一行はたっぷりときを掛けて日本橋大路を進み、筋違橋御門《すじかいばしごもん》手前の八《や》ツ小路《こうじ》を抜け、神田川に架かる昌平橋《しょうへいばし》を渡った。

橋を渡るころには夕暮れとなり、行列には提灯《ちょうちん》が点々と灯った。

提灯行列の行きつくさき、神田明神下の裏長屋でも大勢の人々が待ちかまえている。

「おうい、おうい」

呼びかける連中の中心にあって、ひとりだけ緊張の色を隠せないのは、黒紋付《くろもんつき》に袴姿《はかますがた》の清兵衛だ。

きりっとした扮装《いでたち》は、さまになっている。

三左衛門もおまつも、満足そうに花婿をみつめた。

おすずは近づいて足を止め、わずかに顔をあげる。

立派な花婿のすがたを確かめると、安堵したようにうつむき、清兵衛の母親に導かれつつ、木戸の敷居をまたぎこえた。

「行っといで」

おまつは、新たな涙を浮かべた。

「いつでも帰ってくるんだよ」

そっと娘に囁《ささや》いた台詞《せりふ》を、三左衛門は聞き逃さなかった。

こうして、花嫁の輿入れは暗くなってからおこなわれた。

型どおりの挨拶が済むと、いよいよ夫婦がための盃事《さかずきごと》になる。

長屋のなかは狭いので、祝言は場所を移して催す段取りになっていた。

八尾半四郎や金兵衛の粋なはからいで、柳橋の夕月楼を貸切にしておこなう。

花嫁と花婿はみなに見送られて小舟に乗り、神田川をゆったり下っていった。

川面を滑る船端には祝いの提灯がいくつも吊され、ふたりのすがたは艶《あで》やかに浮かびあがった。

商家のお嬢さまでもできぬ派手な趣向に、本人たちは戸惑い気味だ。

小舟のたどりついた柳橋の桟橋では、おもいがけず、天竺屋のおとくとおるりの母子が待っていた。

「まあ、きれい。おすず、とってもきれいだよ」

淡い青地に紅白の梅をあしらった着物を纏うおるりが、鼻がくっつくほどそばに身を寄せてくる。

「わたしより早く白無垢になっちまって。うふふ、負けたよ。みたらし団子をご馳走《ちそう》しなくちゃね」

「はい」

おすずは清兵衛に手を取られ、朱塗りの楼閣までやってきた。

剣菱《けんびし》の薦樽《こもだる》が山と積まれた表口でも、大勢の知りあいが首を長くして待っている。

楼主の金兵衛はもとより、小銀杏髷《こいちょうまげ》の半四郎と妻の菜美《なみ》、剣客の天童虎之介《てんどうとらのすけ》と妻のおそで、御用聞きの仙三、夕月楼と天竺屋の奉公人たち、それから、半四郎の伯父半兵衛とおつやのすがたもみえる。

さらに、土手道を追いかけてきた照降長屋の面々がくわわり、又七の音頭で皆で喝采《かっさい》したあと、こぞって夕月楼にはいっていく。

二階の大広間では、盃事の仕度が調っていた。

おすずはお色直しで席を空け、髪結いの仙三にも手伝ってもらい、髪の根を高くあげた文金高島田《ぶんきんたかしまだ》に結いなおしてもらった。

清兵衛は五つ紋の黒羽織に縞《しま》の仙台平袴《せんだいひらばかま》を着け、五月人形のように座っている。

金屏風《きんびょうぶ》の立てまわされた手前に、花嫁と花婿は左右仲良く並んで座った。

ふたりの膝前には、朱塗りの盃が三つ組で置いてある。

「さあ、夫婦がための盃を」

金兵衛に促され、おすずがまず盃に口をつけた。

つづいて、花婿の清兵衛が盃に口をつける。

これを三度繰りかえし、三度目だけは花嫁、花婿、花嫁の順で盃を干す。

それが三三九度の作法であった。

厳かな盃事が済むと、みなに請われて白髪《しらが》の半兵衛が立ちあがり、腹の底から

「高砂《たかさご》や」と唸《うな》りだす。

「高砂やこの浦舟に帆をあげて、この浦舟に帆をあげて、月もろともにいでしおの、浪の淡路《あわじ》の嶋影《しまかげ》や。遠く鳴尾《なるお》の沖すぎて、早や住の江につきにけり、早や住の江につきにけり」

やがて、客座敷は無礼講となり、祝い酒をふるまう人々の笑い声で溢れかえった。

おすず本人はもちろん、三左衛門もおまつも、今宵ばかりは夢見心地だったにちがいない。

何よりも、人の親切が身に沁みた。

そして、宴もたけなわを過ぎると、三左衛門とおまつはどうしようもない淋しさに襲われた。

おすずがそばにいない暮らしなど、ふたりには考えられない。

明日からのことをおもうと、酔えなくなってしまうのだった。

そんなふたりのもとへ、半兵衛がわざわざ酌をしにやってきた。

「淋しいのか。それが娘を嫁がせるということさ。幸せと淋しさは、いつも背中合わせなのじゃ」

屈託のないことばに、三左衛門とおまつはずいぶん慰められた。

数日後、その半兵衛が徘徊《はいかい》のすえに行方知れずになろうとは、ふたりにかぎらず、宴席に集まった誰もが想像もできなかった。

二

三左衛門が異変を察したのは、祝言から数日経ち、七つになったおきちを連れて下谷同朋町の半兵衛邸を訪ねたときのことだ。

庭に植わった紅梅の枝で、鶯《うぐいす》が初音《はつね》を披露していた。

好事家《こうずか》のあいだで「鉢植え名人」として知られる半兵衛は、いつもどおり濡れ縁に座り、うたた寝をしていた。

声を掛けても起きず、おきちが頰を引っぱると、ようやく薄目を開けた。

「おう、おすずか」

おきちの名をまちがえ、訂正せずにいると、首をかしげてみせる。

「せんだって、嫁にいったばかりじゃろう。こんなに幼くなりおって」

からかっているのかとおもったが、そうでもなさそうだった。

おつやが奥から顔を出し、悲しそうな顔をする。

「お医者さまが仰《おつしや》いました。まだら惚《ぼ》けだろうって」

「まだら惚け」

「はい。ふだんはしゃんとしているのですが、時折、こうして夢のなかへいかれてしまいます。何がきっかけでそうなるのかわからず、毎日、きっかけとなるものを探っているような感じで」

「なるほど。おつやさんも大変だな」

「いいえ、いっこうに。わたしは旦那さまといっしょに居られるだけで、充分に幸せなのですよ」

千住宿の宿場女郎にすぎなかった自分を、半兵衛は拾ってくれた。

いつも真心をもって接し、だいじにしてくれる。

山よりも重い恩義に報いるためなら、どんなことでもしたい。

自分は半兵衛がいなければ生きていけないと漏らし、おつやはさめざめと泣いた。

人前で取りみだすことのない女性《にょしょう》だけに、三左衛門は少なからず驚かされた。

最愛の半兵衛がうろと化していくことに、誰よりも不安をおぼえているのはおつやなのだと、あらためておもった。

淋しさを抱きつつ辞去した翌夕、半兵衛が屋敷から消えた。

おつやはまっさきに甥の半四郎に報《しら》せ、御用聞きの仙三が半四郎の使いとなって照降長屋へ駆けこんできた。

三左衛門もおまつも心当たりを捜してまわり、別に連絡を受けた夕月楼の金兵衛も若い衆に命じて市中を走りまわらせた。いくら捜してもみつからず、夜も更けて途方に暮れていると、見知らぬ若侍が半兵衛を肩に担いで屋敷を訪ねてきた。

心配顔のみなをよそに、半兵衛はいたって元気そうだ。

若侍のことを「越後村松藩《えちごむらまつはん》の元藩士、倉木主水《くらきもんど》じゃ」と紹介してみせた。

呼びすてにされた倉木に聞けば、柳島村《やなぎしまむら》の法性寺《ほっしょうじ》から遥々《はるばる》やってきたという。

柳島村は本所の外れ、十間川《じっけんがわ》の北端に位置している。もちろん、大川の対岸だ。柳橋あたりから舟に乗らねば、容易にはたどりつけない。

法性寺の境内には妙見堂《みようけんどう》があり、堂前には「影向松《ようごうまつ》」とも「星降《ほしくだ》り松《まつ》」とも呼ばれる古木が聳《そび》えている。樹齢は千年を超え、幹に耳をつけて問えば何でもこたえてくれるので、長老のなかには「言問《こと》い《と》の木《き》」と呼ぶ者もあるという。

御本尊の妙見菩薩《ぼさつ》が樹上に降臨《こうりん》したと言われる御神木の根元で、半兵衛は死んだように眠っていたらしかった。

倉木がたまさかみつけ、下谷同朋町の住まいを聞きだし、親切にも背負ってきてくれたのだ。

泣きながら感謝するおつやを尻目に、半兵衛は在原業平《ありわらのなりひら》の恋歌を口ずさむ。

「名にしおはばいざ言問《こと と》はん都鳥《みやこどり》、わがおもふ人はありやなしやと」

辺境とも言うべき隅田川《すみだがわ》の畔《ほとり》に左遷《させん》された業平が、京の都に残してきた恋人を鳥の名に託して偲《しの》んだ歌だ。

言問いの木から、伊勢物語《いせものがたり》の一句を想起したのだろう。

悪びれた様子もない半兵衛を眺め、みなは物悲しい気持ちにさせられた。

「とりあえず、腹ごしらえがさきだよ」

と、おまつもおつやを手伝って、梅干《うめぼ》しや昆布《こんぶ》入りのおむすびをこしらえた。

香のものに業平蜆《しじみ》の味噌汁もつけ、冷えきったからだを温めるべく、熱燗《あつかん》も用意してやった。

倉木は腹を空かした野良犬のように、出された食べ物をがつがつ食べた。

客間がにわかに活気づくなか、半兵衛は眉間に縦皺を刻んだ。

「若造め、食いつめたあげく、良からぬ仲間と莫迦《ばか》げた相談をしておったのじや。御用商人の蔵を襲おうなどとな」

「何を仰います」

倉木は慌てふためき、半兵衛の口をふさごうとする。

「ごまかそうとしても無駄じゃ。わしは聞いておったのだぞ。おぬしらが御堂のそばで額を寄せあい、こそこそはなしておるのをな」

「ご隠居、酔った勢いで戯《ざ》れ言《ごと》はおやめください」

「これしきの酒で酔ってたまるか。半四郎よ、そやつは逆賊ぞ。何をしておる。早う縄を打たぬか」

「まあまあ、伯父上。ちと、落ちついてくだされ」

せっかく助けたのが仇《あだ》になりかねない事態となり、倉木は面食らっている。

うらぶれてはいるが、誠実さを感じさせる端整な面立《おもだ》ちだ。

その顔に暗い影が射したのを、三左衛門は見逃さなかった。

商人の蔵を襲うはなしも、まんざら、嘘ではなさそうだ。

不穏な空気が流れるなか、おつやが割ってはいった。

「旦那さま、助けていただいたお方に失礼でございます」

「何を失礼なことがあろうか。こやつらは不届きにも徒党を組み、幕府をひっっくり返そうと目論《もくろ》んでおるのじゃ。おつやには、それがわからぬのか」

　はなしが大きくなるにつれて、真実味も薄らいでいく。

「そもそも、北斗星《ほくとせい》を菩薩と崇《あが》めるのが妙見信仰じゃ。国土を擁護《ようご》し、災害を減らし、人の福寿を増さしめ、貧窮を救う。それが妙見菩薩のご利益よ。幕府転覆《てんぷく》を目論む不届きな輩《やから》が大願成就《たいがんじょうじゅ》を祈念したに相違ない」

「まあまあ、半兵衛どの」

　三左衛門は困っているおつやに助け船を出し、半兵衛と倉木を離れさせた。

　戸惑う若侍を誘って部屋から抜けだし、ふたりだけで濡れ縁に向かう。

「倉木どの、すまなんだ。当主は近頃、惚けがすすんでおるようでな。おもいこみであることとないこと、口に出してしまう。せっかく助けていただいたのに、気を悪くなされたであろう」

「何のこれしき。お気になされますな。それよりも拙者は、みなさまがご隠居を慕われるお気持ちの深さに感じ入ってござる」

「これも人徳でな。八尾半兵衛は我々にとって、なくてはならぬおひとなのさ」

「豊富なご見識をお持ちでござる。まるで、言問いの木のようなお方だ」

「その木を枕にしておったのだな」

「はい。最初は死んでおるのかとおもいました。指で突っついてみると、妙なことを仰いましてね」

「妙なこと」

「もうすぐ風向きが変わる。火消しども、気をつけろと、さように」

三左衛門は微笑んだ。

「半兵衛どのは、長らく南町奉行所の風烈廻《ふうれつまわ》り同心をつとめておられた。たぶん、そのときのことをおもいだされたのだろう」

「なるほど、風烈廻り同心であられましたか」

「さよう。商家に火を放ったり、金蔵をあばくような輩は、言ってみれば親の仇と同じようなものでな」

三左衛門はさりげなく告げ、じっと相手の顔色を窺う。

倉木は目を宙に泳がせ、あきらかに動揺の色を隠せない。

「すべてがすべて、夢のなかの出来事でもなさそうだな。倉木どの、正直に喋ったらどうだ」

「えっ」

「仲間と金蔵を襲うはなし、あれはまことのことであろう」

長い沈黙ののち、倉木は重い溜息を吐いた。

だが、心の内を容易にはみせない。

三左衛門は、さりげなく問いを変えた。

「なにゆえ、おぬしは半兵衛どのを助けた。放っておけばよいものを」

「放ってはおけませなんだ。国許の老いた父をおもいだしたもので」

「お父上はご健在か」

「それが……」

倉木は声を詰まらせる。

三左衛門は優しく聞いた。

「江戸へ出て、何年になる」

「かれこれ五年。そのうちの三年は江戸在府の番士として、御上屋敷に詰めておりました。ちょうどこの近く、下谷御成街道《おなりかいどう》に藩邸はございます」

ところが、二年前に上役から唐突に御役御免の沙汰《さた》を下された。

倉木は藩内きっての遣《つか》い手《て》だったらしく、公金横領の疑いを掛けられた重臣を闇討ちするようにと、上役に命じられた。それを拒んだがために藩を逐《お》われたのだと、本人は説いてみせる。

「拙者のせいで、実家は断絶の憂《う》き目《め》をみたかもしれませぬ。確かめる勇気もござりませぬが、いずれにせよ、国許では死んだものとして扱われておりましょう」

「突っこんだことをお聞きして申し訳なかったな」

「いいえ。気に掛けていただいて嬉しゅうござる」

三左衛門は、肝心なことを問うた。

「それで、御用商人の金蔵を襲うのか」

「えっ」

「隠さずともよい。やるからには理由もあろう。安易には止めぬ。されど、再考したほうがよい。大勢で商家を襲えば、罪もない奉公人に死人や怪我人が出るやもしれぬ。金蔵を潰された店が再開できねば、雇い人たちは路頭に迷う。理不尽《りふじん》にも藩を逐われたおぬしなら、他人の痛みを察することもできよう。今いちど、おのれの胸に問うてみよ。おぬしらのやろうとしていることに、大義はあるのかどうか」

倉木はうつむき、顔もあげられなくなる。

そこへ、微酔《ほろよ》い加減の半四郎がやってきた。

「伯父御はお休みになられた。三合ほど呑んだら正気に戻られてな、今宵は何の祝いじゃと抜かしおった。みなにこれだけ迷惑を掛けておきながら、けろっとしおって。ま、憎めねえのは人徳さ。ところで、倉木さんとやら、申し訳なかったな。おめえさんのおかげで、伯父御は凍え死なずに済んだ」

「いいえ、かえってご馳走になりました」

「そんなことより、物騒なことは考えねえほうがいいぜ」

「えっ」

「ふふ、その年で三尺高《たけ》え木の上に晒《さら》されたかねえだろう。悪いことは言わねえ。怪しい連中とは手を切りな」

どうやら、半四郎も勘づいていたようだ。

倉木主水は返事の代わりに、深々と頭を下げる。

沓脱石《くつぬぎいし》に揃えられた草履《ぞうり》を履くと、逃げるように去っていった。

三

翌日は小正月、三左衛門は暗くなってから、麴町《こうじまち》まで足を延ばした。

半四郎は倉木を放っておかず、仙三に命じてあとを尾《つ》けさせていた。その首尾を聞きにやってきたのだ。

物淋しい平川天神《ひらかわてんじん》の裏道に、今にも消えそうな提灯がぶらさがっている。看板に『鍋』とだけ書かれた見世の敷居をまたぐと、暗い顔の親爺が無言で奥に顎《あご》をしゃくった。

邪魔のはいらぬ小座敷で、半四郎は待っていた。

「おお寒、おれも今着いたばかりでね」

すでに、鍋の仕度はできている。

小正月になると、たいていの家は大鍋で芋粥《いもがゆ》を煮る。鍋を掻きまわす粥杖《かゆづえ》で女房の尻を打てば男児を孕《はら》むとの俗諺《ぞくげん》もあるが、ふたりの目のまえに据えられた鍋は芋粥を煮る鍋ではない。

肉を焼く鉄鍋であった。

しかも、南部産の鉄鍋だ。

高価な鉄鍋で焼く肉も、鹿《しか》や猪《いのしし》の肉ではない。

無愛想な親爺があらわれ、大皿を置いていった。

大皿に載るのは、紅色も鮮やかな肉のかたまりだ。

肉を厚めに切りわけながら、半四郎は口に唾を溜める。

「一年ぶりのお目見得《めみえ》だぜ」

「ありがたい。献上肉の相伴《しょうばん》に与《あずか》ることができるのも、八尾さんのおかげだ」

肉の正体は、彦根藩《ひこねはん》から将軍に献上された牛肉の味噌漬けだった。どういう経緯《いき》かは知らぬが、親爺が裏から手をまわし、腐る寸前の牛肉を千代田城《ちよだじょう》の御膳所《ごぜんしょ》から払いさげてもらっていた。

ふたりは「大薬食い《おおくすりぐ》」と称し、寒い時季にはかならず、この見世で献上肉の残りに舌鼓《したつづみ》を打つ。

法度《はっと》で食すのを禁じられた牛肉だが、味を知ったら止められない。

将軍みずから法度を破っているのだから食べても罰《ばち》はあたるまいと、誘ってくれた半四郎はうそぶいた。

鉄鍋は炉に掛けてある。

熱くなったところへ、肉をひと切れ置いた。

――じゅっ。

「この音がたまらねえ」

安酒を注ぎつ注がれつ、肉が焼けるまで盃を酌《く》みかわす。

「倉木主水の行きついたさきは、柳島村の法性寺じゃなかった。十間川を挟んだ向かいの大名屋敷さ」

「十間川を挟んだ向かい。たしか、萩《はぎ》で知られる龍眼寺《りゅうがんじ》があって、南隣は津軽《つがる》屋敷でしたね」

「北隣のほうさ。越後村松藩三万石、堀丹波守《ほりたんばのかみ》の御下屋敷だ」

「えっ」

「妙だろう。村松藩を逐われたはずの若侍が、うらぶれた恰好で藩邸内に消えた。仙三によれば、勝手知ったる者という感じだったらしい」

「なるほど」

「ここからは、当て推量なんだが」

と、前置きしたところで、肉が良い色に焼けた。

「まずは、啖《くら》おう」

「ふむ」

三左衛門は箸を使い、熱々の肉にかぶりつく。

「……う、美味い」

「ぬへへ、そりゃそうさ」

「さすが、ご献上の品だけはある」

「食い物は何だって、腐る一歩手前ってのが美味《うめ》えんだ」

半四郎も満足げに、肉を頬張ってみせる。

三左衛門は肉を呑みこみ、ぐい呑みに手を伸ばした。

「それで、当て推量のつづきは」

「おっと、そうだった。浅間さんは、どうおもう」

「ふうむ。村松藩を逐われたというはなしは、どうも嘘っぽいな。垢《あか》じみた着物に月代《さかやき》を伸ばした恰好で藩邸内に出入りを許されているとすれば、ひとつだけ考えられるのは密偵」

「やっぱりな。おれもそう考えた。村松藩に関わりのある怪しい連中が妙見堂のそばに集まり、良からぬ相談をしていた。伯父御のはなしが真実だとすれば、そいつらを探るために放たれた密偵かもしれねえ」

「密偵にしては頼りない」

「たしかに、あいつは惚けた伯父御を助けるほどのお人好しだ。そもそも、藩の密命を帯びた侍が、何の益にもならねえ人助けなんぞするかい」

「まったくだ」

三左衛門が同意すると、半四郎はぐい呑みを呷《あお》った。

「どっちにしろ、定町廻りの手に負えるはなしじゃねえ。この件は手仕舞《てじま》いにしようとおもうが、どうだろう」

仕方あるまいと、三左衛門もうなずいた。

鉄鍋の端っこには、肉汁が溜まっている。

「八尾さん、飯が欲しくなりますな」

「そうだ。おまんまに肉汁掛けてかっこみてえ」

「仕上げにとっときましょう」

「ぬふふ、楽しみだな」

半四郎は肉を頬張り、酒を呷る。

「それにしても、伯父御には困ったものだ」

「年を取るとは、ああいうことかもしれませんね」

「つれあいが、おつやどのでよかった。あれだけ甲斐甲斐しくしてもらえば、伯父御とていつ死んでも悔いはなかろう」

三左衛門は、じろっと半四郎を睨みつける。

「縁起でもないことを仰いますな」

「それもそうだ。あの頑固爺《がんこじじい》が簡単に死ぬともおもえねえ」

持ちあがっていた。


「ぬふっ、仰るとおり」

「さあ、そろりと仕上げに移ろうぜ」

ふたりで呑気に牛飯を啖っているころ、半兵衛邸ではまたもや、不測の事態が持ちあがっていた。

四

翌十六日は春の藪入《やぶい》り、奉公人たちには三日間の骨休めが与えられる。

初閻魔《はつえんま》の斎日《さいにち》でもあり、閻魔に関わりのある脱衣婆《だつえば》に賽銭《さいせん》を投じる者もあった。

不測の事態と聞いて、三左衛門が下谷同朋町の屋敷へ駆けつけてみると、ふだんは穏和な半兵衛がおつやに怒りをぶつけていた。

「脱衣婆の祟《たた》りじゃ。おつやが留守にしておった隙に、一切合財《いっさいがっさい》何もかも盗まれてしもうたわい」

昨晩遅くに盗人《ぬすっと》が押し入り、家にあった金目のものをごっそり盗んでいったらしかった。

「何十年も掛けて貯めた身代も、一夜の悪夢と消えおった」

自分だけならまだあきらめもつくが、苦労を掛けたおつやに申し訳ない。

「情けなや、情けなや」

と、半兵衛は二度繰りかえし、惚《ほう》けたように黙りこんでしまう。

だが、おつやに聞いてみると、「一切合財何もかも」盗まれたわけではなかった。

蓄財のなかから、五十両ほど無くなっていただけらしい。

それでも、盗めば首が飛ぶ大金には変わりない。

「誰か、おもいあたる者はおりませんか」

駄目元で聞いてみると、半兵衛は得意気に胸を張る。

「ひとりおるぞ。倉木主水とか抜かす若造じゃ」

「それはまた、どういうことです」

三左衛門が眉に唾をつけると、半兵衛は立て板に水のごとくつづけた。

「あやつにな、わしの身の上話を聞かせてやったのじゃ。むかしは風烈廻り同心として苦労を重ねたが、先妻《おもと》に先立たれ、職を辞してからは鉢植え狂いとなり、変わり朝顔やら万年青やらを栽培した。万年青なんぞは千両で買いたいなぞと抜かす物好きもおってな、自分でも驚くほどの貯えを築いたものじゃ」

ともあれ、金蔵でも建てねば追いつかぬと、倉木には自慢してやったという。

三左衛門は、首をかしげた。

「それだけで盗人ときめつけるのは、いかがなものでしょうな」

「いいや、あやつにきまっておる。半四郎に申しつけて、隣近所に聞きこみを掛けてみよ。わしの言ったことが真実とわかるはずじゃ」

さっそく、その場を辞去し、半四郎と連絡を取って頑固者のことばを伝えた。

「伯父御め、惚けたことを抜かしおる」

半四郎も最初は小莫迦にしていたが、仙三を使って聞きこみをおこなってみると、半日もしないうちに、半兵衛のことばが正しいとわかった。

倉木によく似た人物が、半兵衛邸に忍んでいくところを見掛けた。そうした証言が、いくつか得られたのだ。

半四郎は倉木に会うべく、柳島村の村松藩下屋敷へ向かった。

三左衛門も請われてつきあったが、予想どおり、正面から訪ねても相手にされず、応対してくれた番方与力《ばんかたよりき》も「倉木主水は二年前に出奔《しゅっぽん》した」の一点張りだった。

こうなれば、本人の良心に訴えるしか方法はない。

——八尾半兵衛が困りおり候《そうろう》

と、文に綴《つづ》り、嫌がる与力を説得して「とりあえず渡してほしい」と言い残し、ふたりは門前から去った。

期待もせずにいたところ、観音詣《かんのんもう》での人々が市中に溢れる十八日になって、倉木がひょっこり南茅場町の大番屋を訪ねてきた。

八つ刻（午後二時）、茶飲み話に立ちよった三左衛門も、ちょうど居合わせたときのことだ。

「よく来たな」

半四郎が驚きの色を隠せずに聞くと、倉木は苦い顔をつくった。

「文を読みました。半兵衛どのはお困りなのでしょうか」

「怒り心頭《しんとう》でな、おめえさんに身代の一切合財何もかも盗られたと喚《わめ》いている」

「えっ」

「ちがうのかい」

「はい。拠所《よんどころ》ない事情から、大金を拝借しました」

「拝借だと」

「はい、五十両をお借りしました」

「なるほど、無くなったのと同じ額だな」

「神仏に誓って、盗んでなどおりません。信じてください」

きちんと半兵衛に事情をはなし、そのうえで借りたらしいが、真偽のほどは判然としない。

倉木の顔は、真剣そのものだった。

だが、先日も藩を逐われたなどと嘘を吐かれている。

信用できないとでも言いたげに、半四郎は身構えた。

「それなら、拠所ない事情とやらを聞こうか」

倉木の顔が、茹《ゆ》でた海老《えび》のように赤くなった。

「じつは、おなごを身請《みう》けするのに使わせてもらいました」

「何だと」

「事情をおはなししたら、半兵衛どのは返さずともよいと仰いました。無論、一生掛かってもお返しいたします。武士に二言はございませぬ」

「ちょっと待て。おめえさんのはなしは、どこまで信じたらいいのか、さっぱりわからねえ。そもそも、おめえさんは村松藩の藩士じゃねえのかい。これえだは藩を逐われたとか言っていたが」

「表向きは、そうなっております」

「何だそりゃ」

「これ以上は、ご勘弁願いたい」

倉木が頭を下げると、半四郎は歌舞伎役者《かぶきやくしゃ》のように見栄《みえ》を切った。

「そうはいかねえ。他人の金をくすねておいて、自分の素姓は喋らねえ。しかも、大金はおんなを身請けするために使ったなんぞと抜かしやがって。南茅場町の大番屋で、そんな虫の良いはなしは通らねえぜ」

「申し訳ない。このとおりでござる」

倉木は裾を叩いて膝を折り、冷たい土間にがばっと両手をつく。

ほかの同心や小者が何事かと、びっくりして振りむいた。

「ちっ」

半四郎は舌打ちをし、左手で首筋を掻いた。

「大小を腰に差した武士がよ、易々《やすやす》と他人に頭を下げるんじゃねえ。ふん、反吐《へど》が出るぜ」

「こうするしか、拙者にできることはござらぬ」

「まあいいや。借りた金は、女郎を請けだす身請け代に使った。それは神仏に誓って、ほんとうなんだな」

「はい」

「女郎の名は」

「静音《しずね》と申します」

上手に誘導してやると、倉木は抱え主の名を喋った。

半四郎は、まったく表情を変えない。

「ふうん、下谷車坂町《したやくるまざかちょう》の権八《ごんぱち》か。そいつなら、知っているぜ。人を人ともおもわねえ女衒《ぜげん》あがりの狸爺《たぬきじじい》だ。稼ぎの少ねえ女郎たちを折檻《せっかん》し、何人もあの世へおくっている。それでいて、尻尾《しっぽ》を摑ませねえ、阿漕《あこぎ》な野郎さ。おめえさん、あんなやつに引っかけられたのかい」

「知りあいに頼まれて、身請け代を工面《くめん》しただけのこと」

「おいおい、どういうこった」

「静音は、知りあいの妹でござる。武家娘にもかかわらず、落ちぶれて春をひさぐはめになった。それを知った兄が妹を救おうとして」

「知りあいのあんたに相談を持ちかけた。そこで、頭に浮かんだのが八尾半兵衛の顔だったってわけかい。知りあいってのは、いってえ誰なんだ」

「言えぬ。勘弁してくだされ」

権八のもとへ向かい、静音という女を調べればわかることだ。

半四郎は、追及するのをやめた。

「で、おめえさんは何がしてえ」

「えっ」

「知りあいのために妹の身請け金を用意してやり、そいつに貸しをつくって、そこからさきはどうする。幕府転覆の企《たくら》みでも、あばいてやるつもりかい」

「と、とんでもない」

「あたりめえだろう」

半兵衛が一喝《いっかつ》すると、倉木は肩をびくっとさせた。

「拙者はただ、命《めい》にしたがっておるだけだ」

「ほうら、本音が出やがった。誰かに命じられて、密偵でもやってんじゃねえのか」

黙りこんだということは、図星なのだろう。

「おめえ、上役の命なら何だって聞くのか」

「禄を喰《は》む武士とは、そういうものでござろう」

倉木は苦しげにこたえ、泣きそうな顔になる。

三左衛門は何やら、哀れにおもえてきた。

半四郎も同じように感じたのか、声を落とす。

「おめえさんは、まだ若《わけ》え。だから、物事の善悪がよくわからねえのさ。たとえば、探っている相手のほうが善だってこともある。一度くれえは、おのれの意志で動いたほうがいいんじゃねえのか」

「おのれの意志で」

「ああ、そうだよ」

倉木は迷っている。これしきの助言に惑わされるのであれば、密偵には向いていないと考えたほうがよい。だいいち、困った者をみてみぬふりができぬ男に密偵などつとまるわけがない、と三左衛門はおもった。

だが、十手持ちの半四郎には通用しない。

「まさか、最初から金を借りる目途《めど》で、伯父御に近づいたんじゃあるめえな」

「それはちがう。信じてほしい」

「ああ、信じるさ。でもな、おめえさんのやったことは筋が通ってねえ。伯父御に借りた五十両は、すぐにでも返《けえ》してもらうぜ」

「どうする気だ」

突如、倉木は殺気を帯びる。

半四郎は悠然と構え、片頰で微笑んだ。

「車坂の権八をしぼってやるのさ。そいつは、おめえさんにゃ関わりのねえことだ。こっちで勝手にやらせてもらう」

倉木は蒼褪《あおざ》め、ぎゅっと裾を握りしめる。

抜く気か。

危ういなと察し、三左衛門はつっと身を寄せる。

「まあ、そう熱くなるな」

にっこり笑いかけ、倉木の肩を叩いてやった。

五

半四郎はこちらから連絡をつける方法を聞きだし、倉木を解放してやった。

時をおかず、三左衛門と大番屋を飛びだし、日本橋大路を神田へ向かう。

神田川を渡って下谷広小路を足早に抜け、不忍池《しのばずのいけ》を左手に眺めつつ、山下の寺町へと急いだ。

たどりついたさきは下谷車坂町、幡随院《ばんずいいん》の裏手には色街がある。

色街一帯を仕切る権八の屋敷は、町の片隅にひっそり建っていた。

「権八は七十に近え狸爺《ちけ》だ。たいていは屋敷に居て、肥えた猫みてえに眠ったふりをしていやがる」

「手強《てごわ》そうな相手だな」

「手ぶらで行っても、肝心なことは聞きだせねえ」

「何か、手土産《てみやげ》でもおありで」

「ある。とっときのやつがな」

半四郎は薄く笑い、黒羽織の袖を靡《なび》かせた。

大股で表口まで進み、板戸を力任せに敲《たた》く。

仕舞いには足で蹴りつけ、大声を張りあげた。

「権八、早く開けろ。開けねえと、叩き壊すぞ」

ふわりと開いた潜り戸から、若い衆が顔を出す。

小銀杏髷の半四郎をみとめ、さっと顔を引っこめた。

しばらく経って、沈黙していた表戸が軋《きし》みをあげて開く。

薄暗い板間のまんなかで、皺顔の老爺が両手をついていた。

「ふん、ご丁寧な歓迎ぶりじゃねえか。なあ、権八」

「へへ、こりゃどうも。南町奉行所きっての伊達男《だておとこ》、八尾半四郎さまじゃあござんせんか。御自《おんみずか》らお出ましとは、めずらしいこともあるもんで」

とぼけた口調で言い、権八は外の天気をみようとする。

「槍でも降るかもな」

半四郎は上がり框《がまち》に尻をおろし、ぞりっと顎を撫でた。

「西の空は血の色に染まっているぜ。こっちの知りてえことにこたえてくれりゃ、おめえも自分の血をみずに済む」

「のっけから脅しですかい。へへ、気の短《みじけ》えおひとだなあ」

「手土産は用意した。警動《けいどう》の日取りだ」

権八は、つっと眉尻を吊りあげる。

「ほう、こいつはたまげた。袖の下の利かねえ旦那がお上の秘事をばらすとは、いってえどういう風の吹きまわしだ。なあ、おめえら、そうはおもわねえか」

権八の背後には強面《こわもて》の乾分《こぶん》が数人控え、半四郎を三白眼《さんぱくがん》で睨みつけている。

「信じねえならそれでもいい。おめえに貸しをつくる気はねえんだ。そもそも、おれは警動ってやつが嫌《きれ》えでな、捕まった女たちが悲しむ顔をみたかねえ。なるほど、春をひさぐのは辛《つれ》え商売さ。でも、生きていくにゃ、そうするしかねえ女たちもいる。警動で捕まったら、吉原の奴女郎《やっこじょろう》として何年もこきつかわれる。どっちがましかって言えば、こっちのほうがまだましってもんだ」

「八尾の旦那がそれほどはなしのわかるおひとだとは、おもいもよりやせんでした。ようござんす。警動の日取りと交換に、何でもこたえて進ぜやしょう」

権八は、きゅっと襟《えり》を寄せる。

「そうこなくっちゃな。俠客《きようかく》の幡随院長《ちよう》兵衛《べえ》を気取っているおめえなら、わかってくれるとおもったぜ」

半四郎は身を乗りだし、本題にはいる。

「静音っていう武家娘を、五十両で身請けした浪人者がいたはずだ。おれが知りてえのは、娘と浪人者の素姓だ。それと、身請けの経緯《いきさつ》も知りてえ」

権八は途端に黙りこむ。

知っているのは確かだが、喋るのをためらっていた。

「どうしたい。都合の悪いことでもあんのか」

「静音は死にやした。あっしらの目のまえで、ばっさりと袈裟《けさ》懸《が》けに斬られたのでござえやす」

「何だって。与太話《よたばなし》をしやがると、承知しねえぞ」

半四郎は腰を浮かせかけ、三左衛門に押しとどめられる。

権八は目顔で合図を送り、若い衆に酒を持ってこさせた。

「殺《や》ったのは、静音の兄貴でやすよ。身請け金の五十両をぽんと払い、その場で刀を抜きやがった。ほら、そこの土間に、まだ血の痕《あと》が残っておりやしょう」

権八たちが仰天《ぎょうてん》しているあいだに、兄らしき侍は妹の屍骸《むくろ》を担ぎ、どこかへ去っていったという。

「そりゃ見事な抜き打ちでやしたぜ。何せ、はっと気づいたら、静音はばったり倒れていやがった」

「兄の名は」

「たしか、渡部卯十郎《わたべうじゅうろう》とか言ってたな。ありゃ、うらぶれた浪人以外の何者でもねえ。縦も横もでけえ酒樽みてえなからだつきでね、南蛮人《なんばんじん》並みのぎょろ目で、鼻もやけに高かった」

倉木主水とは似ても似つかない。あきらかに、別人だ。

「渡部という兄以外に、誰か付き添いは」

「身請け代を持ってきたのは、兄貴ひとりでやしたよ」

「そいつの居場所は」

「ちょいとお待ちを」

権八は乾分に帳面を持ってこさせ、指を舐めながら丁《ちょう》を捲《めく》る。

「あった、あった。きちっと証文の写しを取ってありやすからね。ええっと、渡部卯十郎の居所は、高輪大木戸与右衛門店《たかなわおおきどよえもんだな》とありやすね」

「そいつは、いつの証文だ」

「へい、三年近く前のやつで」

「静音が売られたときの証文か」

「そうでやす。ってえことは、まず、高輪にゃいねえな」

乾分のひとりが、うっかり口を挟む。

「親分、浪人のあとを尾けやしたぜ。住んでいるのは、神田松永町《かんだまつながちょう》の藤兵衛店《とうべえだな》でさあ」

「莫迦たれ、余計なことを喋るんじゃねえ」

権八にぺしっと月代を叩かれ、乾分は身を縮める。

半四郎は、にやりと笑った。

「機転の利く乾分を持って、おめえは幸せだなあ」

「旦那、堪忍だ。三年前に静音を買ったのは、おれじゃねえ。別のやつですぜ。静音は証文といっしょに、流れ流れてここへ堕《お》ちた。売られたそもそもの経緯なんざ、あっしは知りやせん。うらぶれた武家の娘が身を売るはなしなんざ、今どきめずらしくも何でもねえ。静音は瘦せておりやしたが、客受けのする女郎だった。正直、手放すのが惜しいくれえでね。でも、目のまえに五十両積まれたら、返《けえ》さねえわけにゃいかねえ」

「そりゃそうだろう。場末の岡場所の身請け代にしたら、五十両は破格だぜ」

権八は濡れ手に粟《あわ》、寂《さび》れた岡場所で小金を稼ぐしかない女郎のおかげで、ぼろ儲けできたにちがいない。

「あっしはね、身請け代の出所なんざどうだっていいんだ。小判さえ拝ませてもらえりゃ、愛想笑いを浮かべるしかねえ。そうでしょう、旦那」

半四郎はこたえない。

五十両の出所を告げる気もないらしい。

権八は乾分の運んできた銚釐《ちろり》を摘《つま》み、半四郎と三左衛門のぐい吞みに注ぎはじめる。

「とりあえず、やっとくんなせえ。こうなったら、酒でも吞まなきゃ、やってられやせんぜ」

権八は自分もぐい呑みを呷り、ぷはあっと息を吐きだす。

「そう言えば、渡部卯十郎のやつ、静音を叱っていやがったな。『この恥さらしめ』とか何とか。おおかた、女郎に堕ちた妹のことが許せなかったんでやしょうよ」

「そいつは妙なはなしだな」

と、三左衛門が口を挟む。

「証文から推《お》せば、妹を売ったのは兄の渡部卯十郎だ。金に困って静音を売った本人が『この恥さらしめ』もなかろう」

「言われてみりゃ、それもそうだな。おれはすっかり、武士の沽券《こけん》ってやつを傷つけられたあげく、妹を刃に掛けたのかとおもったぜ」

そうでないとすれば、ほかにどのような理由があるのか。

渡部卯十郎本人に糺《ただ》してみなければわかるまい。

半四郎は、すっと尻を持ちあげた。

「旦那、お待ちを」

権八が右手を翳《かざ》し、強面で呼びとめる。

「警動の日取りをお忘れですぜ」

「おう、それか。五十両と交換に教えてやるが、どうだ」

「えっ」

「厭なら、教えねえ。警動にやられたら、岡場所ごと潰されるぜ。死に損ないのおめえだって、わかっているはずだ。手入れのへえるめえに逃げおおせておけば、やり直しは容易だってな。損得勘定を弾いてみりゃ、五十両は安いもんだろう」

「けっ、騙しやがったな。とんだ食わせ者じゃねえか」

悪態を吐く権八が、三左衛門には醜《みにく》い業《ごう》のかたまりにみえた。

六

神田松永町、藤兵衛店。

薄汚い部屋のほうから、線香の香が漂ってくる。

木戸番の親爺に聞くと、渡部卯十郎は確かに住んでいた。

権八が言っていたのと、風体《ふうてい》もそのままだ。

「駄目元で来てみたが、どうやら、御本尊《ごほんぞん》らしいな」

半四郎につづいて、三左衛門も敷居をまたいだ。

板間の端に陰膳《かげぜん》が供《そな》えてあり、線香の煙が揺らめいている。

「留守のようだが、まだ近くに居るぜ」

部屋から出ると、糠味噌臭《ぬかみそくさ》い嬶《かか》ぁが物知り顔でやってきた。

「お役人さま、あそこの浪人をお訪ねなら、花房町《はなぶさちょう》の『一兆《いっちょう》』っていう一膳飯屋におりますよ。毎晩呑んだくれて、うるさいったらありゃしない。今日明日じゅうにも出てってもらおうかと、大家さんとも相談していたところでしてね。あの浪人、何かやましいことでもやらかしたんですか」

「いいや、別に」

「なあんだ。ちょいと期待したのに」

嬶ぁは好きなだけ喋り、自分の部屋へ消えていく。

「隣近所の評判は良くなさそうだな」

半四郎は溜息を吐いた。

「どっこい、妹のことは忘れられねえらしい。自分で手に掛けたってのに」

「とりあえず、一膳飯屋に行ってみましょう」

ふたりは肩を並べて歩き、筋違橋御門と面をつきあわせた花房町へ急いだ。

あたりは暗くなっている。

花房町は芳町と並ぶ蔭間の巣窟《そうくつ》なので、細い道に踏みこむや、淫靡《いんび》な空気に包まれた。

「八尾さん、あそこに居酒屋が」

「ん、ほんとだ」

雪道の向こうで、提灯が寒そうに揺れている。

たどりついてみると、見世のなかで大柄の浪人が暴れていた。

酒樽のようなからだつきに南蛮人並みの目鼻立ち、渡部卯十郎にまちがいない。

床几はひっくり返され、茶碗やちろりは床で割れており、数人の客が箸を手にして逃げまどっている。

半四郎が縄暖簾《なわのれん》を潜ると、見世の親爺が渡りに舟と泣きついてきた。

「あっ、お役人さま。あの酔っぱらい、どうにかしてください」

「ふむ、まかせておけ」

半四郎は十手も抜かず、渡部のほうへ近づいた。

「おい、いい加減にしろ」

「あんだと」

振りむいた大男は、小銀杏髷をみても怯《ひる》まない。

「ふん、不浄役人が何の用だ」

「妹を斬ったことを後悔してやがるのか。酒で淋しさを紛らわせても、でえじな妹は戻ってこねえぜ」

「くそっ」

渡部は刀を抜きかけた。

「ごめん」

三左衛門が脇からすっと身を寄せ、腹に当て身を食らわす。

「うっ」

渡部は白目を剝き、その場にくずおれた。

半四郎が怒鳴る。

「親爺、桶《おけ》に水汲んでこい」

「へい」

親爺がよたよたやってくると、半四郎は水桶をひったくり、気絶した男の顔にぶっかけた。

「ぷはっ」

渡部は覚醒《かくせい》し、がばっと起きあがる。

左右をきょろきょろみまわし、そばで見下ろす半四郎に目を留めた。

「ぬうっ、不浄役人が何の用だ」

「そいつはさっき聞いた。少しは酔いが醒めたか」

「ん、ああ」

「だったら、床几に座んな」

さきほどとは打ってかわって、渡部は従順な猫のようになる。

「そうだ、それでいい。長屋に線香が手向《たむ》けてあったが、煙の様子から推すと、ありゃおめえがやったんじゃなさそうだな」

「線香を手向けてくれる者があるとすれば、倉木主水であろう」

渡部の口から、期待していた名が飛びだした。

半四郎は首を捻り、三左衛門とうなずきあう。

そして、黒羽織の懐中に手を突っこみ、袱紗《ふくさ》にくるんだものを取りだした。

ことりと床几に置き、袱紗を解いてやる。

山吹色《やまぶきいろ》の小判が、じゃらっと音を起てた。

「五十両ある。こいつは、静音の身請け代だ」

渡部は小判の山を睨み、固唾《かたず》を呑む。

「元はと言えば、おれの伯父御が貯めた金さ。そいつを、どこの馬の骨とも知れねえ倉木が借りうけた。さらに、五十両は倉木の知りあいのあんたに渡り、車坂の権八が濡れ手に粟のぼろ儲け。それが顚末《てんまつ》だ。おれはたった今、倉木にゃ返《けえ》せるはずもねえ五十両を取りもどしてきた。何せ、静音は兄貴に斬られて逝《い》っちまったんだ。阿漕な権八が大金を手にする理由も無くなったわけだからな」

渡部卯十郎は、呻くように吐きすてた。

「わからぬ。何ゆえ、倉木はおぬしの伯父から五十両もの大金を借りうけることができたのだ」

「伯父御は近頃、惚《ぼ》けがすすんじまってな。自分のやっていることが、時折、わからなくなっちまう。そこにつけこんだってわけじゃねえが、倉木はまんまと大金を手に入れた。そのあたりの経緯は、聞いていなかったのかい」

「あやつは金の出所を喋らなんだ。わしも突っこんでは聞かなかった。一刻も早く妹を身請けしようと、焦っておったのだ」

「倉木とあんたは、それほど仲が良いのか」

「あやつは五つ年下で、同じ村松藩の同じ横目付役《よこめつけやく》に就いておった。神田お玉《たま》が池《いけ》の『玄武館《げんぶかん》』でも鎬《しのぎ》を削った仲だ」

「『玄武館』ってのは、五年前にできたばかりの道場かい」

「さよう。藩を出奔するまで、千葉周作《ちばしゅうさく》先生に北辰一刀流《ほくしんいっとうりゅう》をご指南いただいた」

村松藩第九代藩主の堀丹波守直央《なおひさ》は武芸好きの殿様で、高名な剣客を招いては武芸上覧を催していた。当代一の遣い手と評される千葉周作も藩邸に招かれ、神業を披露して激賞された。直央は、お玉が池の道場へも藩士を通わせるほどの力の入れようであったという。

北辰一刀流は、北辰すなわち北斗星を奉じる妙見信仰と深く関わっている。

三左衛門はふと、柳島村の法性寺での逸話をおもいだした。

半兵衛は妙見堂の堂前に聳《そび》える影向松の根っ子を枕にしつつ、不穏な連中の良からぬ相談を耳にしたのだ。

不穏な連中のなかに、渡部と倉木もいたのではあるまいか。

ただし、倉木のほうは密偵である公算が大きい。

それを渡部が知れば、ふたりの関わりは今とちがったものになる。

三左衛門は想像を膨らませながら、じっと耳をかたむけた。

半四郎は、渡部が妹を斬ったことにこだわっている。

「静音は、血の繋がった妹なのかい」

「ああ、そうだ。双親《ふたおや》はおらず、ほかには兄弟姉妹もいない。静音は、たったひとりの妹だった」

「唯一の血縁にもかかわらず、五十両払って身請けしたら、その場で斬るつもりだったのか」

「わからぬ。静音の落ちぶれたすがたをみたら、頭に血がのぼって、わけがわからなくなった。くそっ、女郎なんぞに身を持ちくずしおって。舌も嚙まずに、よく生きながらえたものよ。おまえは渡部家の面汚しだ。死んでご先祖に詫びるがいい。たぶん、そういう気持ちで斬った」

「莫迦たれ。自分の風体をみてみろ。妹のことを、とやかく言える身分か」

「他人に意見されたくはない。静音も納得して死んでいったはずだ」

「そいつは勝手なおもいこみじゃねえのか。もっと生きたかったかもしれねえぜ。そうじゃなきゃ、疾《と》うに舌を嚙んでらあ。生きてさえいりゃ、きっと良いこともある。そう信じて、糞溜《くそだ》めみてえなところで、じっと我慢していたにちげえねえ。おめえは妹の気持ちを、これっぽっちも顧《かえり》みようとしなかった。侍の糞みてえな矜持《きょうじ》のために、掛けがえのねえ命を奪ったのさ」

「……や、やめてくれ」

渡部は顔をゆがめ、おんおん泣きはじめる。

「今ごろ泣いたって遅《おせ》えぜ。妹はもう、帰《けえ》ってきやしねえ」

静音を岡場所に売ったのは、兄の渡部ではなさそうだ。別の誰かが岡場所に売り、偽の証文をつくらせたにちがいない。

「……わ、わしは騙された。村松藩の筆頭目付に命じられ、藩の勘定吟味役《かんじょうぎんみやく》を闇討ちにしたのだ。公金を横領していると囁かれてやった。すぐのちにそれが真っ赤な嘘だとわかり、わしは出奔を決意した」

「ちょっと待て。順を追って、はなしてくれねえか」

「今から三年前のはなしだ」

渡部卯十郎は村松藩の横目付として、辻堂右近《つじどううこん》という筆頭目付の支配下にあった。

命じられて闇討ちにした勘定吟味役の名は丹下友之進《たんげとものしん》、信望の厚い老臣だった。当時、村松藩の領内は不作つづきで、飢《う》えかけた越後の農民たちは一揆《いっき》をも辞さない構えでいた。これを懐柔《かいじゅう》すべく、藩の備蓄米《びちくまい》を供出せよと訴えたのが、次期家老との呼び声も高い丹下であったという。

「そもそも、わしの妹は倉木の妻になるはずだった。許嫁《いいなずけ》の約束も交わした仲だ。ところが、辻堂家の次男の蓮次《れんじ》が横恋慕《よこれんぼ》しおった。蓮次は粗暴な男でな、静音を嫁になどやりたくはなかった。されど、筆頭目付の父親に頼まれたら、首を横になど振れぬ」

次男との縁談を呑めば、組頭《くみがしら》に抜擢《ばってき》すると約束された。

「ひと晩悩みぬいたすえ、わしは静音を説得し、辻堂家の蓮次のもとへ嫁がせることに決めたのだ」

ところが、縁談を受ける返事を持ちこんだ際、辻堂右近から昇進させるための条件がひとつあると持ちかけられた。

「それが、闇討ちだった」

断れば縁談も出世もなくなる。それどころか、御役御免にすると脅され、拒むことができなかった。

「しかも、獅子身中《しししんちゅう》の虫《むし》を誅《ちゅう》するのだと煽《あお》られ、わしはみずからを納得させた」

「まさに、踏んだり蹴ったりだな」

「静音のことは、倉木も納得してくれた。宮仕えの武士たる者、上役の命にはしたがわねばならぬ。禄を喰む者の辛さを、あやつも理解してくれたのだ。その倉木も、二年前に出奔した。わしと同様、辻堂右近から重臣の闇討ちを命じられ、拒んだあげくに御役御免となった」

おそらくは、そうやって渡部は信じこまされているのだろう。

半四郎も三左衛門も気づいたが、黙ってはなしを聞くことにした。

「出奔してからのち、わしは村松藩から放りだされた勇士たちを集めた。闇討ちにした丹下友之進さまのご遺志を継ぎ、飢えた百姓たちのために備蓄米を供出させようとおもったのだ。無論、正面から掛けあっても、藩は動かぬ。ゆえに、動かすための算段を考えた」

それがかたちになってあらわれたのは、昨年暮れの駕籠訴《かごそ》であったという。

村松藩の藩主を飛びこえ、幕府の老中《ろうじゅう》に向けて直訴《じきそ》をおこなったのだ。

「そう言えば、暮れの大掃除前後、桜田門外《さくらだもんがい》で騒ぎがあったな」

と、半四郎が応じる。

「それだ。わしら勇士三人は百姓に化け、雪道を駆ける御老中の駕籠を必死に追いかけた。供人に制止されても、めげずに『村松藩の百姓にござります』と叫びつづけた。それが狙いだった。訴状は渡せずとも、村松藩の窮状を幕閣のお偉方に知ってもらうことがな」

狙いどおり、村松藩の佞臣《ねいしん》どもは動揺した。それを証拠に、辻堂右近は四方に探索方を繰りだしてきた、と渡部は言う。

半四郎は問うた。

「なぜ、そんなことがわかる」

「倉木が教えてくれたのだ。あやつは頼りになる男でな。伝手《つて》をたどって、藩内に探りを入れている。静音のことを教えてくれたのも、倉木だった」

渡部は沈痛な面持ちになり、ぐい呑みを呷った。

「三年前、わしが出奔したあと、渡部家は藩籍から葬《ほうむ》られた。そして、静音も行方知れずになったが、それには裏があった」

「裏とは」

「辻堂蓮次が静音を拐《かどわ》かし、手込めにしたのだ」

「何だと」

江戸藩邸内で手込めにされたあと、静音は行方知れずになったという。

そのことを知らぬまま、渡部は八方手を尽くして妹の行方を捜したが、みつけることはできなかった。それから季節はめぐり、死んだものとあきらめかけたとき、下谷車坂町の岡場所にいることがわかった。

「倉木がみつけてくれたのだ」

「倉木主水が」

「そうだ。あやつはずっと、静音のことを案じておった」

渡部は倉木の用意した五十両を携え、脇目も振らずに権八のもとへ走った。

そして談判《だんぱん》におよび、自分の名が書かれた証文をみせられた。

「綴られた字に、みおぼえがあった」

証文を目にした瞬間、辻堂蓮次に売られたのだと合点した。

「あの男は偽の証文をつくり、静音を岡場所に売りとばしやがった」

頭に血がのぼった。

自分を人斬りに仕立てた辻堂右近への恨み、不幸に乗じて妹を慰《なぐさ》みものにした蓮次への憎しみ、さらには、理不尽な世の中への名状し難い怨念《おんねん》までが沸騰《ふっとう》し、渡部卯十郎は妹を手に掛けてしまったのだ。

渡部は、遠い目をしてみせる。

「なぜであろうな。静音はわしに斬られると察し、悲しげにつぶやいた。『倉木さまに罪はない』と。あの台詞の意味が、いまだにわからぬ」

半四郎も三左衛門も、静音が最後に言いたかった台詞の意味はわからない。

床几に肘《ひじ》をついて頭を抱えた男は、みずからを鼓舞《こぶ》するように吐きすてた。

「わしにはまだ、やらねばならぬことがある。衆目を藩に集め、領内の窮状を満天下に知らしめねばならぬ。そして、辻堂父子のごとき獅子身中の虫どもを炙《あぶ》りだし、断罪せねばならぬのだ。それがわしの大義よ。私利私欲で動く重臣たちがおるかぎり、民百姓を救うことはできぬ」

「ふん、ごたいそうなはなしだぜ」

半四郎は鼻で笑った。

「大義を振りかざすのはかまわねえが、妹を斬ったことの理由にゃならねえ」

渡部はうなずいた。

「わかっておる。わしはいずれ、大義に殉《じゅん》じるつもりだ。静音には、すぐに逢える。待っていてくれと、今も心の片隅で囁いておるのだ」

「この野郎、何が大義だ。糞みてえな大義なんぞ、捨てちまえ」

半四郎は声を荒らげたが、渡部卯十郎は応じず、死人のように黙りこんだ。

七

翌日は朝から大雪になった。

夕刻になると、町という町は雪にすっぽり覆われ、白い息を吐きながら家路を急ぐ人影がめだった。

両替商《りようがえしよう》の『越屋《こしや》』は、下谷御成街道を挟んで斜めに村松藩の上屋敷をのぞむ神田山本町代地《かんだやまもとちようだいち》にある。

八尾半兵衛は蛇《じや》の目《め》をさし、暮れなずむ町を散策していた。

まだらに降る雪を眺めていると、自分がどこを歩いているのか、あるいはどこに行きたいのかも、次第にわからなくなってくる。

「おつや、おつや……」

振りかえっても、頼るべき内縁の妻はいない。

「……おう、そうじゃ。華徳院《かとくいん》まで閻魔さまを拝みにいかねばならぬ。この世で拝んでおけば、あの世でお世話になることはないからの」

華徳院は蔵前《くらまえ》の天王町《てんのうちよう》にある。今から歩いていくには遠いし、閻魔の賽日《さいにち》は今日ではなく昨日だ。

蛇の目をかたむけると、ざっと雪が落ちた。
雪道の端っこには、赤い椿が咲いている。
椿に見惚れていると、耳に具足《ぐそく》の擦《こす》れるような物音が聞こえた。
たった今たどってきた筋違橋御門のほうを振り向く。
鉤の手に曲がった辻陰から、大勢の人影があらわれた。
刺子《さしこ》半纏《ばんてん》に仏胴《ぶつどう》を着け、手甲脚絆《てっこうきゃはん》を巻いた侍たちだ。
額に鎖鉢巻《くさりはちまき》を締め、手槍を持った者もいれば、大きな杵《きね》を担いだ者もいる。
物々しく武装した連中が道いっぱいにひろがり、さくさくと雪道を踏みしめてくる。
「うほっ、討ち入りか」
半兵衛は胸の高鳴りをおぼえた。
――忠義のためなら死をも厭《いと》わず。
幼いころより憧《あこが》れを抱いていた赤穂《あこう》の四十七士が、何と、鼻先まで近づいてくる。
「退《の》け、爺《じじい》」
先頭の男に、どんと胸を突かれた。

南蛮人のような面構えの大柄な男だ。

半兵衛はよろめきつつも、男たちから目を逸《そ》らさない。

眸子《まなこ》を血走らせた連中は、志士というより野獣にみえる。

「待て、わしも仲間に入れてくれ」

しんがりの男に懇願すると、足蹴にされた。

「うわっ」

椿の根元に尻をつき、半兵衛は法螺貝《ほらがい》の響きを聞いた。

「それい、掛かれい……っ」

南蛮人に似た大男の合図で、野獣どもが建物に襲いかかっていく。

狙うのは吉良上野介《きらこうずけのすけ》の屋敷ではなく、村松藩の御用商人をつとめる両替商の屋敷にほかならない。

表口は杵で破壊され、軒からは『越屋』という屋根看板が落ちてきた。

「うわああ」

男たちは雄叫《おたけ》びをあげ、塵芥《じんかい》とともに雪崩《なだ》れこむ。

藪入りの最中なので、奉公人はいない。

家人の叫びも聞こえてこない。

家屋敷が粉微塵《こなみじん》に壊されていく様子を、半兵衛はじっとみつめていた。

「ただの賊ではないか」

しかも、ほとんどは侍に化けた百姓たちのようだ。

飢饉《ききん》に見舞われた村から逃げてきた連中が徒党を組み、大男に煽動《せんどう》されて暴徒と化したのだ。

「たわけどもめ」

落胆《らくたん》と憤慨《ふんがい》が、腹の底から迫《せ》りあがってくる。

「やめぬか。おぬしら、莫迦なまねはやめろ」

半兵衛は立ちあがり、しっかりした足取りで歩きはじめた。

表口の手前で仁王立ちになり、届くはずもない叱責《しっせき》のことばを発しつづける。

しばらくすると、首領格の大男が埃《ほこり》まみれのすがたで飛びだしてきた。

「金目の物は何もない。くそっ、嵌《は》められた」

鬼のような形相で吐きすて、眼前に立つ半兵衛を睨みつける。

「爺、おぬしは何だ」

「何だとは何だ。わしは風烈廻り同心の八尾半兵衛じゃ」

「ふん、頭がおかしいのか」

大男は刀を抜きはなち、片手持ちに掲げて脅しつける。

「気晴らしに斬ってくれようか」

ぶんと、刃風が唸った。

半兵衛はひょいと初太刀《しょたち》を躱《かわ》し、腰の脇差を抜きはなつ。

「ほれ、斬ってみろ」

「小癪《こしゃく》な爺め」

大男は本気になり、大上段から斬りかかろうとする。

「お待ちを、渡部さま」

そのとき、奥のほうから鋭い声が掛かった。

「ご自分を見失ってはなりませぬ」

暗がりからあらわれた若侍の顔には、みおぼえがあった。

「おぬし、倉木主水ではないか」

半兵衛のつぶやきは、渡部と呼ばれた大男にも聞こえた。

「倉木、知りあいか」

「いかにも。身請け代の五十両を拝借した恩人にござる」

「なっ、どうしてここにおる」

「存じあげませぬ。されど、恩人を刀に掛けてはまずい」

半兵衛の背後で、椿の枝がさわさわ揺れた。

重い軋《きし》みとともに、村松藩藩邸の表門が開き、捕《と》り方《かた》装束《しょうぞく》の藩士たちが飛びだしてくる。

凄まじい数だ。

商家を襲った連中の三倍はいるだろう。

藩士たちは半円にひろがり、整然と周囲を取りかこむ。

商家を襲った連中は身動きできない。

捕り方の中央から、陣笠《じんがさ》の侍が一歩進みでた。

「拙者は村松藩横目付筆頭、辻堂蓮次。御用商人の金蔵を襲うた賊ども、縛《ばく》につくがよい。抗《あらが》う者は、この場で成敗いたす」

渡部が応じた。

「ふん、辻堂蓮次か。よくぞ、静音を慰みものにしたな。ちょうどよい、この場で恨みを晴らしてやる」

「ふはは、吼《ほ》えておるのは渡部卯十郎か。野良犬に成りはてておればよいものを、暴徒を煽って商家の金蔵を襲わせ、大金を奪う気でおったか。欲に目がくらみ、墓穴を掘ったな」

「私利私欲からではない。世直しをするために金が要る。『越屋』のごとき阿漕な御用商人から奪っても罰は当たらぬ」

「ならば聞くが、金を手にしてどうする」

「村松藩の藩政を正す。一部の者だけが潤い、下士や国許の民百姓が困窮《こんきゅう》に喘《あえ》ぐようなことはさせぬ」

「笑止な。申したいのはそれだけか」

「いいや、まだある。三年前、わしはおぬしの父から命じられ、勘定吟味役の丹下友之進さまを斬った。本来なら、今ごろは藩政の舵取《かじと》りをなさっていたであろうお方を、わしはこの手で葬ったのだ。おぬしの父辻堂右近こそ、獅子身中の虫にほかならぬ。心ある忠臣を斥《しりぞ》け、御用商人とはかって藩政を動かし、裏にまわれば私腹を肥やしておるのであろう。丹下さまの無念を晴らすためにも、わしらは蹶起《けっき》せねばならぬ。今日が世直しの第一歩となるのだ」

「ふん、何が世直しだ。世迷《よま》い言《ごと》にしか聞こえぬがな。まあよい。縛についたら、じっくり聞いてやる。おぬしの青臭い言い分とやらをな」

「縛になどつくものか。辻堂蓮次、首を貰いうける。ぬお……っ」

渡部は獅子吼《ししく》し、刀を振りかざして駆けだす。

捕り方の前列がさっと退き、背後に鉄砲隊があらわれた。

「放《はな》てい……っ」

辻堂蓮次が吼えた。

──ぱん、ぱん、ぱん。

乾いた筒音《つつおと》が鳴りひびき、鉛弾《なまりだま》を何発も浴びた渡部は踊るように倒れていった。

「うわっ、渡部さま」

倉木が駆けだす。

「触るな。咎人《とがにん》の屍骸に触れるでない」

と、辻堂蓮次が一喝した。

倉木の背に控えた連中は戦意を失い、一斉に得物《えもの》を投げだす。

みなが捕縛《ほばく》されるなか、倉木だけは捕り方に放っておかれた。

一部始終を眺めていた半兵衛は、すっかり正気に戻っている。

ふたりの佇《たたず》むそばには、渡部の屍骸が捨てられたままになっていた。

「おぬし、仲間を裏切ったのか」

半兵衛の問いに、倉木は蒼白な顔でうなずいた。

「こやつ、実の妹を斬ったのです。静音どのは、拙者の許嫁《いいなずけ》でした。嫁にくれると約束したはずなのに、こやつは上役の命で約束を反古《ほご》にした。そして、一度ならず、二度までも、拙者から静音を奪っていった。死んで当然なのだ」

「恨んでおったのか」

「はい」

「おぬし、上役の命で密偵になったのではないのか」

「命はござった。辻堂右近さまに命じられ、渡部卯十郎を捜しだして近づき、不穏な動きを探っておりました。越屋襲撃の企てを知り、暴徒を一網打尽《いちもうだじん》にすべく、越屋に罠を張らせたのでござる。本日の謀事《はかりごと》に、私怨《しえん》はまじっておりませぬ。拙者はただ、役目を果たしたにすぎぬ」

苦しげに吐露《とろ》する若者の目から、大粒の涙が零《こぼ》れおちる。

落ちた涙は、渡部の虚ろな眼球を伝い、目尻から流れた。

「まるで、そやつが泣いておるようじゃな」

半兵衛は淋しげにつぶやき、倉木の肩を叩く。

「おぬしが悪いわけではない。ただ、正義に目覚めた渡部卯十郎が命を賭《と》して成そうとしたことを、じっくり考えてみよ。何が善で何が悪か、じっくり考えてみれば、おのずと進む道はみえてくる」

「進む道」

「そうじゃ。わしのように長く生きたからといって、満足のできる人生が得られるわけではない。おのれの信じる道に殉じてこその人生じゃ。やり残しておることがあるのなら、それをやり遂げることに邁進《まいしん》せよ」

倉木は涙を拭き、半兵衛をまっすぐにみつめた。

手の震えをみれば、伝えたことばが心に響いたかどうかはわかる。

「半兵衛どの、善とは何か、教えていただきたい」

倉木が必死に問いかけても、こたえは返ってこない。

孤高の老人は、ふたたび、夢のなかへ戻ってしまう。

「忘れておった。閻魔さまに詣でねばならぬ」

半兵衛は混乱のなかで破れた蛇の目をさし、まだら雪の向こうへ遠ざかっていった。

八

二日後。

下谷の両替商が襲われた一件は、村松藩の巧みな隠蔽策《いんぺいさく》もあって表沙汰にはならなかったが、噂好きな江戸雀《えどすずめ》たちの口の端《は》にはのぼっていた。

「さあ、お立ち会い。赤穂浪士討ち入りの再来」

と、柳橋の夕月楼で騒ぎたてるのは、三日前から瓦版屋《かわらばんや》になったと抜かす又七だ。

湯気の立つ寄せ鍋を囲むのは三左衛門と金兵衛と仙三、もうすぐ半四郎も顔を出すことになっている。

三人は面白いので、又七の喋るにまかせていた。

「物々しい装束であらわれた浪人どもは、法螺貝の合図で勇みたち、一斉に『越屋』へ雪崩れこんだ。ところが、店は蛻《もぬけ》の殻《から》、家人も奉公人もおらず、金蔵も空っぽ。とんだ間抜けな赤穂浪士があったもんだ。しかも、慌《あわ》てて店を抜けだしたところへ、村松藩堀家の鉄砲隊が待ちかまえていた。蜂《はち》の巣《す》にされたのは南蛮人そっくりの首領格、もんどりうって倒れたところへ、行きあわせた歯抜け爺が喋りかけた。『おぬしの掲げる大義は何だ。不忠をはたらき犬死にするのが、おぬしの大義か』と問われても、首領格はこたえられない。何しろ、血泡を吹いていた。お縄になった連中は、世直し大明神でも志士でもない。逃散百姓《ちょうさん》どもの成れの果て、ただの賊にすぎなかった。そいつがはなしの顚末《てんまつ》」

称賛《しょうさん》の声を上げながら、半四郎が廊下からあらわれた。

「蜂の巣にされた首領格は、おもったとおり、渡部卯十郎だったぜ。屍骸に意見した歯抜け爺の正体もわかった。伯父御だ。おつやどのが目を離した隙にいなくなり、近所を歩きまわっていた途中で、賊の討ち入りに出会《でくわ》したらしい」

「半兵衛どのには」

三左衛門に水を向けられ、半四郎はうなずく。

「昨日会ってきた。幸いなことに正気でな、騒ぎの一部始終をはっきりおぼえておったわ」

「しっかりしておられる。妙見堂で見聞きされたことも、一昨日の討ち入り騒ぎで絵空事《えそらごと》ではなかったと証明されたわけだし」

「それにしても、困った。伯父御のはなしがほんとうなら、村松藩一藩のこととして捨てておくわけにいかねえ。何せ、四十人を超える暴徒が手に手に得物を持ち、公方さまのお膝元であれだけの騒ぎを起こしたんだ。にもかかわらず、ただのひとりも町奉行所のお縄にゃなってねえ」

「お縄にしたら、村松藩が困るのでは」

「そこよ。やつらは、都合の悪いことを隠したがっている」

賊どもは罠に掛けられた。藩政に不満を抱く連中を一網打尽にすべく、御用商人の店が使われた。

「捕まった連中はたぶん、闇から闇へ葬られる。伯父御のはなしでは、村松藩に関わりのある者は何人もいねえようだ。又七も言ったとおり、ほとんどは逃散百姓たちさ。そいつらが渡部卯十郎に煽られ、侍の恰好をまねて商家の金蔵を襲おうとした。だとすりゃ、村松藩が首を刎《は》ねようとしているのは、藩とは何の関わりもねえ連中ってことになる。江戸の治安を任された町奉行所の役人が、指をくわえて眺めているわけにもいくめえ」

半四郎はいつになく饒舌《じょうぜつ》に喋りきり、ぐい呑みになみなみと注がれた酒をひと息に呷った。

「そんなふうに掛けあってはみたがな、上の連中は取りあってくれねえ。放っておけだとよ」

「えっ、そんな」

又七も仙三も驚いた顔をする。

半四郎は、渋い顔でつづけた。

「相手は大名だ。関わったら、面倒なことになりかねねえ。そいつが厭なのさ。お縄にするのは、紐《ひも》のついてねえ悪党だけでいい。つつがなく一日を過ごすにゃ、余計なことに首を突っこまねえのが肝心だってな、へへ、久方ぶりに上の連中から説教を食らったぜ」

「それで、八尾さまはどうなさる」

金兵衛が如才《じょさい》なく、酒を注ぎながら問うた。

「さよう、しからば、ごもっとも。上の言うとおりにしていたら、伯父御にどやされるにちげえねえ。十手持ちの矜持はどこへやったとな」

「では」

「あたりめえだ。とことん調べてやるつもりさ」

すでに、半四郎は調べをはじめていた。

「渡部卯十郎のはなしだと、妹の静音は辻堂蓮次から手込めにされたあげく、岡場所へ売られた。三年近くも前のはなしだが、そいつの裏を取ったぜ」

「さすがだな」

三左衛門に褒められ、半四郎はにやりと笑う。

「車坂の権八が知っていやがった。静音が最初に売られたのは、品川北本宿《しながわきたほんじゅく》の岡場所だった。抱え主は菩薩のおぎん、遣り手《やりて》の婆《ばばあ》だが、そいつが静音のことをおぼえていた。編笠《あみがさ》で顔を隠した侍のこともな」

静音は傷だらけで連れてこられた。おぎんが安く踏みたおそうとするや、編笠侍は刀を抜いたという。

「それでも、静音の値段は五両にしかならなかった。編笠野郎はたった五両の金欲しさに、嫁にするはずだった渡部の妹を売った。しかも、傷ものにしたあげくな」

「編笠野郎の正体は、辻堂蓮次」

「まちがいねえ。おぎんは抜け目なく、そいつの素姓を調べていた」

証文には渡部卯十郎の名が綴られたが、おぎんは別人だと見抜き、若い衆に侍のあとを尾けさせた。

「素姓を調べたら、何とそいつは筆頭目付の次男坊だった。おぎんは強請《ゆすり》を掛けようとおもったが、さすがに考えなおし、危ねえ橋を渡るのをやめた」

静音は品川を皮切りに四宿《ししゅく》の岡場所を転々とし、赤城明神裏や根津《ねづ》の岡場所を経て下谷車坂町へ売られてきた。

「権八が女衒に払った代金は十両だ。ところが、あの野郎、身請け金を四十両も上乗せしやがった。こってりしぼってやったから、当面はおとなしくしているだろうぜ。どっちにしろ、辻堂蓮次ってのはひでえ野郎だ。藩内での評判も芳しくねえ」

酒癖がひどく、酔った勢いで喧嘩はする。藩士の妻女には手をつける。父親の威光で横目付の筆頭に据えたら少しはおとなしくなるものと期待されたが、いっこうに改心する気配はないらしい。

仙三が膝を乗りだす。

「そいつを、しょっぴきやすかい」

「いいや。拐かす。脅しあげて、親の罪も吐かせてやる」

すかさず、三左衛門が応じる。

「親の罪とは例の、渡部が命じられた勘定吟味役殺しの裏筋ですね」

「父親の辻堂右近は、村松藩では知らぬ者とていねえ槍の遣い手らしい。鎌槍《かまやり》の辻堂と呼ばれていやがる」

敵にまわせば、手強い相手となろう。

又七と仙三は、ぶるっと肩を震わせた。

半四郎は酒を舐め、笑いながらつづける。

「あくまでも、藩内のごたごたにすぎねえ。おれたちの与《あずか》り知らねえはなしかもしれねえが、筆頭目付が獅子身中の虫だとすりゃ、村松藩にとっちゃ一大事だ。そいつを放っておいたら、またぞろ、江戸のまんなかで凶事が起きねえともかぎらねえ。とどのつまり、悪党は許せねえってはなしよ。なあ、どうだ又七、少しはおれを見直したか」

「あったりめえのこんこんちき。今どき、俠気《おとこぎ》で動く不浄役人がいたら、面《つら》がみてみてえ。常からそうおもっていたからね、八尾さんがいてくれてよかったぜ。お江戸の明日は快晴よ」

「大袈裟な野郎だな、おめえは。でもな、これだけは言っとくぜ。おれは、渡部卯十郎にこれっぽっちも同情なんざしていねえ。哀れな妹のためにやるのさ」

静音は男どもの勝手な思惑に翻弄《ほんろう》され、地獄のような岡場所に身を置いた。

それでも、どうにか踏んばり、健気《けなげ》に生きようとしたのだ。

そんな静音の仇をとりたい。

夕月楼に集まった誰もが、同じように考えていた。

九

四日後、二十四日夕。

倉木主水は半兵衛に誘われ、見事に梅の咲きそろった亀戸天神《かめいどてんじん》までやってきた。

今宵は嘘をまことに替える鷽替《うそか》えの神事。

境内には大勢の人々が集まっている。

「心づくしの神さんがうそをまことに替えなんす。ほんにうそかえ、おおうれし」

半兵衛は上方発祥《はっしょう》のはやり唄を陽気に口ずさみ、おつやに買ってこさせた木彫りの鷽を倉木に手渡した。

「木を削っただけのものじゃが、念を込めれば魂《たましい》がはいる」

「はあ」

丹《に》や緑青《ろくしょう》で彩《いろど》りされた鷽を袖に隠し、輪になって見知らぬ誰かと交換しあえば、これまでの悲運や難儀は去り、明日からは幸運や吉報が訪れる。

鷽替えとは、凶事と吉事を交換する神頼みの集《つど》いなのだ。

「おぬしにも、無かったことにしたいむかしがあろう。それを申してみよ」

「えっ」

「恥じることはない。聞いておるのは神さんだけじゃ。ほれ、おもいのたけを口に出してみよ」

倉木は木彫りの鷽をみつめ、手を小刻みに震わせる。

境内の中央には人の輪ができ、気の早い連中が「替えましょ、替えましょ」と囃《はや》したてていた。

賑やかな声は蟬時雨《せみしぐれ》にも似て、次第に夜の静けさを際立たせていく。

倉木の目から、とめどもなく涙が溢れてきた。

村松藩の歴《れっき》とした藩士なのだという唯一の支えが、ぐらぐらと揺らぎはじめている。藩主に忠節を尽くすのが武士の本分、おのれを殺して上役の命にしたがうことこそ、正しい武士の道なのだ。

親にもそう教えられ、忠の一字を胸に刻んで生きてきた。ほかのすべてを犠牲にして、ただ、忠の一字に殉じるのが正義なのだと、おのれに暗示をかけてきた。

ところが、この虚しさは何だ。

「……し、静音」

口を衝いて出てきたのは、愛《いと》しい娘の名だった。

憂いをふくんだ横顔に惹きつけられたのは、江戸勤番になったころのはなしだ。山出し者ゆえ、容易にはなしかけることもできずにいたが、藩邸内でおたがいをみつけたときは、熱い眼差しを交わしあった。静かに芽生えた恋情が相手にも届いていたと知ったとき、天にも昇る気分になった。

「静音はあの日、兄の許しが出たからと、嬉しそうに駆けてきました。ふたりでこの亀戸天神に参り、将来を誓いあったのです」

夕陽を浴びた静音の横顔が忘れられない。三年経った今でも、はっきりと、瞼《まぶた》の裏に焼きついている。

「それがなぜ、ああなってしまったのか」

辻堂家から内々で縁談の申し入れがあったと渡部卯十郎に聞かされたとき、なぜ、抗いもせずに納得してしまったのか。

なぜ、無言で助けを求める静音から目を逸らし、辻堂蓮次のもとへなど行かせてしまったのか。

そして、渡部の出奔から間もないころ、静音が行方知れずになったときも、なぜ、すぐに捜そうとしなかったのか。

何もかもすべて、つまらぬ矜持にこだわっていたせいだ。

武士たるもの、禄を喰む藩に忠節を尽くさねばならぬ。

上役の命に抗えば、もはや、武士ではなくなる。

そう、信じていた。

信念にしたがい、静音を捨てた。

そうするしかないとおもっていた。

だが、この耐えがたい虚しさは何だ。

「替えましょ、替えましょ」

半兵衛が顔を近づけ、囁きかけてくる。

「おぬしは八方手を尽くし、娘が車坂の権八のもとにおることを探りあてた。そして、そのことを兄の渡部卯十郎に告げた。わしから借りた五十両を手渡し、身請けしてくるように迫った。ちがうか」

「そのとおりにござります」

「兄に辛い役目を託したな。おのれの手で身請けする勇気が出なんだのはわかる。娘を裏切ったうえに、三年も放っておいたのじゃからな。されど、卯十郎が静音を手に掛けるとは、予想もせなんだはずじゃ」

「……は、はい」

「不甲斐ないと、おぬしは静音を救えなんだ自分を恨み、卯十郎や辻堂父子に恨みを募らせた。そうであろう。おぬしの心など、容易《たやす》く読める。されどな、静音はあの世へ逝った。もう、帰ってこぬ」

「……わ、わかっております」

「十手持ちの甥に聞いた。静音は兄に斬られると悟ったとき、遺言めいた台詞を口にしたそうじゃ。『倉木さまに罪はない』とな」

「うげっ……そ、それは、まことにござりますか」

「嘘は言わぬ。静音はずっと、おぬしのことを案じておった。おぬしが自分を捨てたことで悩み、苦悶しておるのではあるまいか。静音はおのれの苦境も顧みず、そのことだけを案じておったのじゃ。苦界に沈んでも、おぬしへの叶《かな》わぬ恋慕に縋りつき、それだけを心の支えに生きつづけようとしたのじゃ」

「……そ、そんな」

「念を込めよ」

半兵衛は両手を伸ばし、倉木の手を強い力で包みこむ。

「おぬしの鷺は、わしが預かってやる」

「はい」

このとき、倉木主水は腹を決めた。

おのれの為すべき道をみつけたのだ。

十

翌二十五日は菅原道真《すがわらみちざね》を祭神に奉じる天満宮《てんまんぐう》の縁日、長屋の寺習いは休みになり、湯島や小石川《こいしかわ》や亀戸の天満宮は親子連れで溢れかえる。

境内の片隅には、人垣ができていた。

人垣を分けると、莚《むしろ》が敷いてあり、ざんばら髪の罪人らしき侍が座らされていた。

「さあ、お立ちあい。赤裸で晒されたあの男、配下の内儀を手込めにし、岡場所に売りとばした悪党にござ候《そうろう》。その名も辻堂蓮次、村松藩堀家の歴とした家来にござ候」

軽妙な語り口で口上を述べるのは、豆絞りの手拭いをかぶった又七にほかならない。

「しかも、父の右近は息子に輪を掛けた極悪人、御用商人の越屋庄助《しょうすけ》とはからい、先物相場でしこたま儲けた金を他の重臣どもにばらまき、藩政を裏から操っておりまする。文字どおり、獅子身中の虫とは村松藩筆頭目付、辻堂右近のことにござ候」

かたわらでは、本物の瓦版屋が口上を書きとめている。

洟垂《はなた》れどもは小石を手に取り、ざんばら髪の辻堂蓮次に投げつけた。

「……や、やめろ、勘弁してくれ」

悪党は血を流しながら、許しを請いつづける。

いったい、何がどうなってしまったのか、よくわかっていない。

昨晩、見知らぬ粋筋の女に誘われて、鬮替え神事にやってきた。

輪になって木彫りの鷽を手から手に渡したあと、女に誘われて本堂裏の暗がりへ足を向けた。

「ここは地獄の一丁目」

女は妖艶《ようえん》に笑い、すっと消えた。

そのあとの記憶がない。

気づいてみると、手足を縛られ、目隠しまでされていた。黴臭《かびくさ》い穴蔵のようなところで、男たちに尋問された。

牢問《ろうど》いというやつだ。

自分もやったことがあるのでわかった。

罪人と疑わしき者をねちねちいじめ、縛ったり叩いたりして痛めつけ、仕舞いには吊して大量に水を呑ませ、観念させる。

牢問いを受けた者の苦痛をみてきただけに、蓮次はすぐに抵抗するのをやめた。

自分の犯した罪のみならず、父親の悪事も知っていることはすべて喋った。

公金を横領し、意のままにならぬ家臣に濡《ぬ》れ衣《ぎぬ》を着せたこと。敵対する重臣たちを、つぎつぎに闇討ちにしたこと。御用商人と結託《けったく》して裏金作りをおこなっていること。重臣たちに賄賂《わいろ》をばらまき、より高位の身分を得ようとしていることなど、蓮次の告白した内容から、野心と欲望の虜《とりこ》になった醜い男の顔が鮮やかに炙りだされてきた。

辻堂父子の悪事を衆目に晒し、白日《はくじつ》のもとで裁くことこそ、半四郎の企てた策にほかならない。

「退《ど》け、退け」

十重二十重《とえはたえ》の人垣を押しのけ、強面の侍たちが踏みこんできた。

口上役の又七は白刃を振りかざされ、尻尾を巻いて逃げていく。

侍たちは大股で莚のそばまで迫り、蓮次を連れていこうとした。

「待ちやがれ」

黒羽織を纏った半四郎が、颯爽《さっそう》とあらわれた。

蓮次の前面に壁となって立ちはだかり、十手を引きぬいてみせる。

「あんたら、どこの藩の連中だい。勝手に罪人を連れ帰《けえ》ったら、まずいことになるんじゃねえのか」

「何だと」

ぐっと詰まる侍たちの後方から、背の高い人物がやってきた。

仰々《ぎょうぎょう》しくも、かたわらに槍持ちをしたがえている。

三日月形の鎌槍と見極め、半四郎はほくそ笑む。

待っていた人物、辻堂右近とわかったからだ。

黒革《くろかわ》の陣羽織《じんばおり》を纏った右近が、横柄な態度で問うた。

「お役人、ここはお上の定めた晒し場ではあるまい。なにゆえ、その者を晒したままにしておくのじゃ」

「そいつは、こいつにじっくり聞いてみるつもりだ。なんで、こんなところに晒されたのか。こんな仕打ちをやらかしたのは誰かも、糺《ただ》さなくちゃならねえ。なにしろ、お江戸のまんなかで、これだけの騒ぎを起こしたんだ。十手を与る身としちゃ、容赦できねえ」

「おぬし、町奉行所の同心か」

「定町廻りの八尾半四郎だが、文句あっか」

「わしは村松藩筆頭目付、辻堂右近じゃ」

名乗った途端、見物人から怒声が沸きおこる。

「おい、極悪人の辻堂右近だってよ」

さくらの仙三が叫び、夕月楼の若い衆がやいのやいのと罵声《ばせい》を浴びせる。

騒ぎたてる人垣のなかには、三左衛門や金兵衛の顔もある。

みな、面白半分に成り行きを見守っていた。

半四郎が両手をあげ、見物人たちを制する。

「みんな、静かにしてくれ。こちらのお方は、村松藩のご重臣らしい。事の真実がわかるまで、粗相《そそう》があっちゃならねえぜ」

辻堂右近は苦い顔になり、蛇のような目つきで息子を睨む。

「ひっ」

蓮次は目を背け、がたがた震えだした。

槍で突かれるかもしれぬと察したのだ。

この男ならやりかねぬ。おのれの沽券《こけん》を守るためなら、息子の命など虫螻《むしけら》同然に捻りつぶしてみせるにちがいないと、三左衛門はおもった。

「八尾とか申したな。揉めたくはない。素直にその男を引き渡すのじゃ」

「そういう態度はまずいんじゃねえのか。こちとら、痩せても枯れても直参だぜ。藩でどれだけ身分が高かろうが、陪臣《ばいしん》の言うことを直参がへえこら聞くわけにゃいかねえんだ。もっとも、土下座でもするってなら考えてもいいぜ。へへ、あんたにそんなことができんのかい」

「むう」

辻堂右近は、怒りで顔を真っ赤に染めた。

「たかが不浄役人風情が。わしに恥を掻かせたたな」

「まっとうなことを言ったまでさ」

「どうしても、そやつを渡さぬつもりか」

「ああ」

「あとで吠《ほ》え面《づら》をかくなよ」

捨て台詞を残し、辻堂右近は踵《きびす》を返す。

人垣の裂け目を戻る主従に向かって、凄まじい罵声が浴びせられた。

「ちと、薬が効きすぎたかもな」

半四郎は、ぺろっと舌を出す。

やり過ぎると逆効果になると、三左衛門も忠告していた。

不安におもったとおり、こののち、大番屋へ移された辻堂蓮次は村松藩へ身柄を戻され、何ら咎めもないままに放っておかれることとなる。

辻堂右近が藩の重臣を動かし、裏から手をまわしたのだ。

半四郎は年番方《ねんばんかた》の与力から呼ばれ、町奉行から直々にお叱りを賜った旨と数日の謹慎《きんしん》を申しわたされた。

お叱りの中味は、身分の高い陪臣にたいして無礼な発言をおこなったことで、それ以外に与件はない。

幕府も村松藩も、事の重大さを把握《はあく》しようとしなかった。

面倒なことになるのを避け、何もなかったことにしたのだ。

半四郎は、辻堂右近の実力を侮《あなど》っていたと言われても仕方ない。

「ふん、あいかわらず読みの甘いやつじゃ」

そうやって吐きすてたのは、伯父の半兵衛であった。

十一

三日後、二十八日は妙見詣での縁日。

妙見堂のある柳島村の法性寺は参詣人で溢れ、樹齢千年とも言われる影向松の周囲にも大勢の人が集まった。

三左衛門は半兵衛に誘われ、妙見詣でにやってきた。

古木の枝ぶりを眺めていると、町道場の門弟らしき一団が颯爽とあらわれ、御本尊に何やら祈念して戻ってくる。

半兵衛は何をおもったか、一団のしんがりにつき、そのまま鳥居の外へ出てしまう。

「どこへ向かわれるので」

三左衛門が尋ねても応じず、十間川の桟橋まで下りていく。

門弟たちはふざけあいながら、二艘《にそう》の舟に分乗した。

半兵衛も三左衛門を導き、ちゃっかり後ろの舟に乗る。

左手には村松藩下屋敷の海鼠塀《なまこべい》がつづき、龍眼寺の山門もみえてきた。

広大な津軽屋敷を過ぎて天神橋《てんじんばし》を潜り、寒風を突っきって竪川へ飛びだす。

さらに、面舵《おもかじ》を切って川面《かわも》を滑り、四ツ目から一ツ目にいたる橋をつぎつぎに潜りぬけ、いよいよ大川に躍りだすや、流れの速い川面を力業で横切り、二艘は薬研堀の舟寄せへ舳先《へさき》を向けていった。

三左衛門は半刻（一時間）余りの舟旅を終え、門弟たちに便乗して家路に就いたのだなと理解した。

ところが、半兵衛は陸にあがってからも、ぞろぞろと歩きだす一団のしんがりに従いていく。門弟たちは薬研堀の裏道から初音《はつね》の馬場《ばば》へ向かい、馬喰町《ばくろちょう》や橋《はし》本町《もとちょう》の抜け道をたどった。

岩本町《いわもとちょう》や松枝町《まつがえちょう》に通じる弁慶橋《べんけいばし》の手前に達し、三左衛門はついに辛抱《しんぼう》できなくなった。

「半兵衛どの、お気は確かか。何ゆえ、門弟たちに従いていくのですか」

「気づかなんだのか。稽古着の胸に紋が縫ってあったろうが」

「たしか、七曜星《しちようせい》にござりましたな」

「影向松に降りた御本尊、北天に瞬く七つ星よ。ゆえに、あの松は星降り松とも呼ばれておるのじゃ」

「はあ、それは存じあげておりますが」

「七つ星を奉じる剣の流派は」

「北辰一刀流。あっ」

「やっとわかったか」

気がつくと、ふたりはお玉が池の畔《ほとり》を歩いていた。

門弟たちはぞろぞろと、道場の門に吸いこまれていく。

掲げられた看板には『玄武館』とあった。

武芸に嗜《たしな》みのある者なら、江戸で知らぬ者はいない。

一流派を興《おこ》した千葉周作の剣名は、いまや、武州《ぶしゅう》一円に轟《とどろ》いている。

半兵衛は気軽に門を潜り、勝手知ったる者のように稽古場へ足をはこぶ。

広々とした稽古場は、竹刀《しない》で打ちあう門弟たちの熱気に溢れていた。

半兵衛は雪駄《せった》を脱いで板間にあがり、門弟のひとりを呼びとめる。

「館主はおられるか」

「は、ただいま」

門弟は丁寧にお辞儀をし、小走りで稽古場の奥に消えていく。

しばらくすると、三十なかば過ぎの大きな男がやってきた。

千葉周作だ。

察した途端、三左衛門の頰が緊張で強張《こわば》る。

「これは八尾半兵衛どの、お待ちしておりましたぞ」

千葉はにっこり笑い、親しげに近づいてきた。

三左衛門が驚きを隠せずにいると、半兵衛が応じる。

「館主どの、先日のお約束、おぼえておいでか」

「おぼえておりますとも。わが門弟倉木主水の口添えで、八尾どのと初めてお会いし、先日は剣術談議に花を咲かせましたな。理に適《かな》った型もご披露いただいた。しかも、雲の動きや風の読み方まで教わった。あれには感服いたしました。なるほど、剣理にも通じるものがござります。先日は失礼も顧みず、百年にひとりの知己《ちき》を得たようだと申しましたが、あれはまことにござる」

「ありがたい。今や、刀を取らせれば当代一との呼び声も高い館主どのに、そこまで気に入ってもらえるとはな」

「ご経験から滲みだすおことばは、聞く者の心を揺さぶる力を持っております。

ところで、本日は江戸屈指の剣客をお連れいただくことになっておりましたな」

「さよう。これがその剣客じゃ」

「ほう」

「風采《ふうさい》のあがらぬ息子じゃが、腕は確かじゃ。まあ、ためしてやってほしい」

千葉周作は意外な顔をする。

「おや、ご子息でござったか」

「まあ、そのようなものだ。ほれ、三左衛門、ご挨拶をせぬか」

「はあ」

名乗らせても貰えぬのかとおもいつつ、三左衛門はぺこりと頭を下げる。

千葉周作はどう眺めても、ひとまわり以上若い。にもかかわらず、年下とは感じさせない堂々たる風格を漂わせていた。

「早《はや》う、仕度せぬか」

半兵衛に一喝され、三左衛門は溜息を漏らす。

門弟の誰かと申しあいでもさせる気なのだ。

いったい、何のためにやらねばならぬのか。

不本意ながらも、借りた稽古着を身に着ける。

門弟たちは稽古をやめ、道場の端に並んで正座した。

仕度をしてあらわれたのは、何と、千葉周作本人である。

「えっ」

三左衛門は、動揺の色を隠せない。

「拙者では不服か」

千葉は微笑み、手ずから枇杷《びわ》の木刀を寄こす。

板間の中央に導かれるときも、雲の上を歩いているような気分だった。

「立会人はわしがやろう」

半兵衛が、そばにやってきた。

もしかしたら、まだら惚けがすすんで、このような無謀な申しあいを仕組んだのかもしれない。

疑いの目を向けたが、半兵衛の顔は真剣そのものだ。

逆しまに、ぐっと睨みつけられる。

「おぬし、安易に考えておるな」

「えっ」

「この申しあいは、つぎへすすむための関門じゃ」

「関門」

「さよう。勝てば、倉木主水を男にする機会が得られる。負ければ、すべてが水の泡じゃ」

「どういうことです」

「命懸けで挑めということさ」

対峙する千葉が獅子吼した。

「一本勝負でよろしいな」

「あいや、お待ちを」

三左衛門は掌《てのひら》を翳す。

少しでも、心を平穏に保つ暇《いとま》が欲しい。

「拙者、この木刀では闘えませぬ」

「ん、どういうことだ。臆したのか」

半兵衛は即座に合点し、口添えをする。

「館主どの、この者は富田流《とだりゅう》の小太刀を修めてござる。上州《じょうしゅう》の眠り猫と評されたほどの遣い手でな。申し遅れたが、三尺三寸五分の木刀では闘えぬ」

「なるほど、事情はわかりました」

「不都合がおありか」

口を尖らす半兵衛にたいし、千葉は首を横に振る。

「いいえ。名人に得物の長短は不要かと」

余裕の笑みを浮かべ、門弟のひとりに命じて短い木刀を持ってこさせた。

三左衛門はそのあいだも、目を閉じて気息をととのえる。

千葉に勝てば、倉木主水を男にする機会が得られるという。

その意味はまったくわからないものの、何か重要なことを解決する突破口になることだけはまちがいなさそうだ。

自分を息子だと紹介した半兵衛のためにも、ここは勝たねばならぬ。

よし。

臍下《せいか》丹田《たんでん》に、気が充ちてきた。

眸子を開ける。

門弟に木刀を手渡された。

一尺五寸に満たない、木目の乱れた枇杷刀だ。

「いざ」

腹の底から、気合いを発する。

その瞬間、千葉の穏和な顔が虎《とら》に変わった。

「ふい、ふい」

滑るように間合いを詰め、青眼から「拳《こぶし》の攻め」と称する動きをしてみせる。

こちらの右拳に狙いをつけ、剣先を鶺鴒《せきれい》の尾のように揺らしながら迫ってきた。

「ふい、ふい」

三左衛門が硬直して居着くようなら、即座に、突きがくるだろう。

焦《じ》れて無理に出ようとすれば、おそらく、上段から斬りおとされる。

どちらにしろ、逃げがたい剣だ。

ところが、千葉は一足一刀の間合いからさきへ踏みこんでこない。

なぜか、離れた。

「ふうむ、心のありようがみえぬ」

と、つぶやく。

同じ三尺三寸五分の木刀を手にした相手ならば、力量の差は看破できる。

なまじ得物が短いだけに、三左衛門の手の内が見極められないのだ。

千葉の説く「心のありよう」とは、相手を呑んでかかる心構えをいう。

それは「乗《の》り身《み》の心《こころ》」とも称され、ときには床を踏みぬくほどの激烈さをもって攻めこまねばならない。

三左衛門はゆったりと腰を落とし、片手持ちの青眼に構えている。

その物腰には、千葉の勢いを無にする静けさがあった。

「小癪《こしゃく》な。わしを本気にさせるとはな」

千葉はにやりと笑い、剣先を隠した脇構《わきがま》えに変化する。

諸手《もろて》の水平斬りに出るとみせかけて、突くか、それとも、斬りおとしにくるか。

いずれにしろ、つぎの一刀で勝負はきまる。

門弟たちは固唾《かたず》を呑んだ。

「ふりゃ……っ」

鬼神のごとく、千葉が襲いかかってくる。

結界《けっかい》を破り、切っ先が鼻面へ伸びてきた。

突きだ。

ぐんと伸びた切っ先が、三左衛門の喉仏を貫く。

と、みえた瞬間、三左衛門のすがたが消えた。

絶妙の呼吸で、身を沈めたのだ。

「ぬう」

千葉はすかされ、前のめりになった。

必殺の諸手突《もろてづ》きが、短い木刀に弾かれる。

と同時に、伸びきった両腕の狭間《はざま》から、鋭利な批杷刀の先端が飛びだしてきた。

顎をめがけて、斜めに突きあげられる。

「うおっ」

千葉はすかさず、海老反《えびぞ》りになって身を支えた。

「くっ」

どうにか躱したものの、真剣ならば二ノ太刀で心ノ臓を貫かれている。

「勝負あり」

水を打ったような静けさのなか、半兵衛の声が凛然《りんぜん》と響いた。

十二

佞臣を成敗する機会が訪れたのは、それから半月余り経った涅槃会《ねはんえ》のことだった。

根雪はほとんど溶けかかっていたが、虫起こしの雷が雪雲を呼んだのか、江戸の町には朝から大粒の牡丹雪《ぼたんゆき》が降っている。

「雪涅槃《ゆきねはん》か」

脇息《きょうそく》にもたれてつぶやくのは越後村松藩第九代藩主、堀丹波守直央であった。齢《よわい》三十四、兄の死で家督を継いで十一年目になる。

兄のころには家老の堀玄蕃《げんば》が藩財政建てなおしの旗印のもと、徹底した百姓いじめをおこない、年貢米とともに百姓たちの悔し涙の一滴まで搾《しぼ》りとり、越後国の見附三条《みつけさんじょう》などにまたがる領内全域に一揆が巻きおこった。

兄の轍《てつ》を踏まぬようにと、重臣の陣容を刷新したつもりだったが、いまだ、はかばかしい成果はあがってこない。領内はあいかわらずの不作つづきで、年貢米の収穫はあがらず、藩の台所は火の車だった。

それでも、直央にはまだやる気があった。

藩士に質素倹約《しっそけんやく》を説いて、みずからも贅沢を控え、武士の気骨を養うために文武を奨励《しょうれい》してきた。武に関しては、千葉周作などの剣豪を江戸藩邸に招き、武芸上覧や御前試合を催したり、藩が費用を賄《まかな》って藩士たちを有名な町道場へ送りこんだりもしている。

少なくとも、半兵衛の目には「まっとうな殿さま」にみえた。

それだけに、辻堂右近のごとき佞臣に気づかぬことが歯痒《はがゆ》くてならなかった。

本日の真剣勝負まで漕《こ》ぎつけることができたのは、神仏の導きと言うしかあるまい。

それは、藩士ではなく、人間として為すべきことに目覚めた倉木主水の覚悟が導いた出来事でもあった。

浅間三左衛門は幸運にも、千葉周作との申しあいで勝ちを拾った。

約束どおり、半兵衛は千葉に無理な頼みを聞かせることに成功した。

千葉を高く買う直央公に、目通りできる機会をつくってもらったのだ。

半兵衛は気楽な風体で上屋敷を訪ね、直央の面前に出ると、おもむろに懐中から書面を取りだし、綴られている内容を滔々《とうとう》と語りはじめた。

その書面こそは、甥の半四郎が辻堂蓮次を脅して取った口書《くちが》きにほかならない。

直央の顔は火を噴いたようになり、半兵衛は抜き打ちにされる寸前までいった。

だが、老骨の元風烈廻り同心は、少しも怯《ひる》まなかった。

「心安らかにお聞きくだされ。口書きの真偽を判断する証しは何ひとつございませぬ。ただ、この内容が真実であるならば、丹波守さまは獅子身中の虫を抱えておらるることとなり申す。いずれにしろ、口書きをおおやけにするつもりは毛頭ございませぬ。あくまでも、内々にて処断なさるべきことと存じまする。されど、何ゆえ、どこの馬の骨とも知れぬ爺が余計な口出しをいたすのか、ご懸念のことと存じまする。それは、貴藩の若き忠臣に心を動かされたからにございまする。倉木主水と申す忠臣は、悪辣非道《あくらつひどう》な者たちの策略によって朋輩と許嫁《いいなずけ》を失いました。さらに、おのれの矜持をも失いかけておりまする。かの者の恨みを晴らす機会をお与えくださるならば、拙者はこの場にて皺腹を掻《か》っ捌《さば》いても惜しくはございませぬ。どうか、死に損ないの爺めの願いをお聞き届けくださりませ。名君の誉《ほま》れ高き直央公なればこそ、千葉周作どのへの迷惑も顧みず、かような無謀に及びましたのでございまする」

黙然と耳をかたむけた直央公は、度量の大きい藩主であった。

半兵衛の忠言も、聞く者の心を動かすだけの力を持っていた。

ゆえに、涅槃会の本日巳《み》ノ刻（午前十時）、村松藩下屋敷の中庭にて、通例ではあり得ぬような真剣勝負が催されることとなったのだ。

中庭をのぞむ大広間には、重臣たちがずらりと顔を揃えていた。

廊下に控える者のなかには、正装に身を包んだ千葉周作と半兵衛の顔もある。

――どん、どん、どん。

太鼓の合図とともに、白装束の倉木主水があらわれた。

助っ人の浅間三左衛門も、鈍色《にびいろ》の裃《かみしも》であとにつづく。

やや遅れて対面には、銀鼠《ぎんねず》の筒袖《つつそで》を纏った辻堂蓮次がやってきた。

さらに、その後ろからは、黒染めの上下に身を包んだ辻堂右近が自慢の鎌槍をたばさんで悠揚《ゆうよう》とあらわれる。

四人は横一列に並び、直央に向かって礼をした。

行司役《ぎょうじやく》の古参藩士が口上を述べようとするや、黒ずくめの辻堂右近がひらりと掌をあげる。

「お待ちあれ。わが殿にひとこと申しあげる。この辻堂右近、幼少のみぎりより、藩をおもう心根の深さには並々ならぬものがござり申した。元服ののちに出仕を許されたときより、粉骨砕身《ふんこつさいしん》、わが藩、わが殿のためならば、いつなりとでも命を投げだす覚悟で勤めに励んでまいり申した。不本意ながらこの場に参上つかまつったのは、ひとえに、身に降りかかったるありもせぬ疑念をも晴らさんがためにござりまする」

芝居がかった口調で語り、右近は涙まで流してみせる。

なかなかの芸達者だなとおもい、三左衛門は苦笑した。

「殿、どうか、お聞き届けいただけませぬか。御前にて見事疑いを晴らしたあかつきには、格別のおはからいをもってご厚遇を。当藩の筆頭目付たる者が軽輩相手に真剣で闘う以上、殿にもそれなりのお覚悟をおしめしいただきたいのでござりまする」

右近は涙を拭き、一転して、ふてぶてしい態度に出る。

それでも、直央は厭《いや》な顔ひとつせず、身を乗りだした。

「右近よ、何が欲しい。遠慮せずに申してみよ」

「されば、次席家老にご推輓《すいばん》いただきたく」

「ふっ、それが望みか」

「高望みにござりましょうや」

「いいや、よかろう。見事、倉木主水を斬って疑いを晴らしたあかつきには、次席家老に推輓いたそう」

「ありがたき仕合わせに存じまする」

居並ぶ重臣たちの表情は、さまざまだ。多くは苦々しくおもっているようだが、家老のなかには微笑んでいる者もいる。おおかた、事前に鼻薬を利かされているのだろう。

やはり、金がものをいう世の中だ。下手をすれば、殿さまでさえも山吹色の威光には逆らえない。

三左衛門はそう感じたが、廊下にかしこまる半兵衛はどうでもよさそうな顔をしている。本日の真剣勝負を実現させた立役者であるにもかかわらず、すでに、役割を終えたかのように平穏な表情を浮かべていた。

「いざ、立ちませい」

古参藩士が、濁声《だみごえ》を張りあげた。

最初に立ちあうのは倉木主水と辻堂達次、もちろん、生死を賭けた真剣勝負だ。

双方は中央に進み、立礼ののち、相青眼《あいせいがん》に構える。

「うりゃ、りゃ」

気合いを掛けるのは、蓮次のほうだった。

なかなかの遣い手と聞いていたが、無駄な動きが多い。

真剣で手合わせしたことなど、今までにないのだろう。

それは倉木とて同じはずだが、こちらは湖面のように澄んだ目をしていた。

すでに勝負はあったなと、三左衛門は見切った。

「けい……っ」

蓮次が大上段に構え、力任せに斬りおとしてくる。

鈍い。腰も引けている。

つぎの瞬間、倉木はすっと相手の脇を抜いた。

「おろっ」

剔《えぐ》られた脾腹《ひばら》がぱっくり開き、血飛沫《ちしぶき》が噴きだす。

「ぬぎゃああ」

断末魔《だんまつま》の悲鳴とともに、蓮次は地べたに側頭を叩きつけた。

呆気《あつけ》ない。

真剣勝負とは、こうしたものだ。

「……お、お見事」

古参藩士の声が震えている。

倉木は血振りを済ませ、見事な手さばきで刀を納めた。

襷掛《たすきが》けをした藩士たち数名が駆けより、蓮次の屍骸を運びさる。

血溜まりだけが残り、凄惨さを際立たせた。

直央は瞠目《どうもく》したまま身じろぎもせず、重臣たちは苦しげに空咳《からぜき》を放った。

「おのれ、倉木主水」

怒りで顔を朱に染めた右近が、鎌槍を頭上で旋回させる。

――ぶん、ぶん、ぶん。

重厚な唸りが、みなを恐怖の底に陥れていく。

ただ、倉木と三左衛門だけは冷静だった。

ほんとうの勝負は、ここからだ。

助っ人を頼まれたときも、半兵衛はそう言った。

おるだけでよい、とも言われた。辻堂右近は、おぬしが千葉周作に勝ったことを知っている。助っ人として控えているだけでも動揺を与えることはできるだろうと、半兵衛はまるで勝ちを確信しているような口振りで助言した。

鎌槍の唸りに、三左衛門は武術家の闘志を擽《くすぐ》られている。

一尺五寸に満たぬ小太刀で、長尺の槍をねじ伏せてやりたい。

そうした願望を打ち砕かんとするように、右近は倉木に襲いかかった。
「ぬりゃ……っ」
巻きあがる土埃とともに、倉木の肩から鮮血がほとばしる。
右近の繰りだした一撃は鋭利な弧を描き、左肩を浅く裂いていた。
それでも、倉木は右手一本で刀を振り、鎌槍の追撃を弾いてみせる。
――ぶん。
すかさず、太い柄《え》が鞭《むち》のように撓《しな》り、石突《いしづ》きが頬桁《ほおげた》に襲いかかった。
倉木は身を屈め、髪の毛一本の差で躱す。
だが、尻餅をついてしまった。
「下郎め」
右近は鎌槍を頭上に振りかぶり、真っ向から斬りさげる。
「うわっ」
倉木の頭蓋《ずがい》が、ぱっくり裂けた。
と、誰もがおもった。
そのとき。
一陣の旋風が、右近の裾をさらった。

鎌槍は空を裂き、地面に突きささる。

卒塔婆《そとうば》のように突きたつ槍の太い柄には、右近の両手だけが離れずに付いていた。

しっかり柄を握っているのだが、肘《ひじ》から先は無い。

「ぎぇえええ」

両手を失った右近が、目を剝いて叫んだ。

血を撒きちらしながら歩き、前のめりに倒れていく。

凄惨な最期であった。

右近に引導を渡したのは、三左衛門にほかならない。

蛙飛《かえると》びの要領で跳躍し、両腕を瞬時に断ってみせた。

助っ人として当然のことをしたまでだ。倉木が斬られるのを眺めているだけの役目なら、最初から引きうけていない。

「……あ、浅間どの、かたじけない」

傷を負った倉木が、泣き笑いの顔を向ける。

三左衛門は懐紙《かいし》で小太刀の血を拭い、そっと鞘に納めた。

「おぬしは勝った。腹の底から笑うがよかろう」

と、言いおき、半兵衛のすがたを探す。
褒めてもらいたくなったのだ。
が、半兵衛は廊下の隅で目を閉じたまま、ぴくりとも動かない。
一方、直央は腰を抜かしたのか、立ちあがることもできずにいる。
「あっぱれであった」
ひとことだけ発すると、小姓《こしょう》たちに運ばれ、奥の間へ消えていった。
千葉周作は感動の醒めやらぬ顔で、半兵衛に声を掛けた。
「八尾どの、やりましたぞ。大願成就《たいがんじょうじゅ》にござる」
それでも、半兵衛は目を開けようとしない。
自宅の濡れ縁で、ひなたぼっこでもしているかのようだ。
まさしく、眠り猫だなと、三左衛門はおもった。
いつのまにか、牡丹雪は熄《や》んでいる。
灰色の雲間には、青空が微かに覗いてきた。

十三

立夏《りっか》。

卯《う》の花が雪のような花を咲かせるころ、半兵衛はおつやに看取《みと》られ、静かに息を引きとった。

椿の花が散るように、あっけなく逝ってしまった。

「頑固爺め、勝手に逝きやがった」

半四郎は目を赤く腫らし、照降長屋で三左衛門とおまつを相手に酒を呑んでいる。

「あの世から皮肉が聞こえてくるぜ。おめえはまだまだ、読みが甘《あめ》えってな」

「大往生《だいおうじよう》だったね」

おまつは、ほっと溜息を吐く。

そこへ、月代をきれいに剃《そ》った倉木主水がやってきた。

倉木は藩への復帰がきまったうえに、殿様の馬廻り役に抜擢されていた。

一方、御前の真剣勝負で辻堂父子が敗れたことで、御用商人の越屋庄助は厳罰に処せられ、藩内の辻堂一派は一掃された。さらに、越屋を襲った浪人や百姓たちは、格別の配慮をもって解きはなちとなった。

そうしたこともふくめて、半兵衛に報告できなかったことを、倉木は心の底から口惜しがった。

「事が成就したのは、鷽替えの神事へお連れいただいたおかげです」

「そう言えば、おめえに渡してくれと言《こと》づかったものがあった」

半四郎は袖に手を突っこみ、木彫りの鷽を取りだす。

「ほれ、幸運の証しだ」

鷽を手渡された倉木は、感極まってしまう。

「おもえば、不思議な伯父御だった」

半四郎が、しみじみ語りだす。

「人の顔をみりゃ、皮肉を漏らしていたけど、そいつは挨拶みてえなもんだ。好きな相手にしか皮肉は言わねえ。おれは小せえころから可愛がってもらった。あの伯父御が死んじまったなんて、おれにゃ信じられねえ」

「死んじゃいませんよ」

おまつが言う。

「わたしたちのここに、ちゃんと生きていなさるんだから」

ぽんと胸を叩き、部屋から飛びだしていく。

井戸端では嬶ぁどもが洗濯しながら世間話に興じ、お稲荷さんのまわりを洟垂れどもが走りまわっている。花いちもんめをやるおかっぱ娘たちのなかには、おきちのすがたもあった。露地のほうからは、豆腐売りの声も聞こえてくる。
眼差しのさきには、いつもの長閑《のどか》な長屋の風景があった。
三左衛門も半四郎も倉木も外へ飛びだし、みんなで空を見上げた。
青空に浮かんだ雲のかたちが、半兵衛の顔にみえてくる。
「へへ、あんなところにいやがった」
剽軽《ひょうきん》な半四郎の物言いが、みなの笑いを誘った。
おまつも三左衛門も倉木も、笑いながら泣いている。
すでに、不如帰《ほととぎす》の初音は聞いた。
銚子沖《ちょうしおき》からは、初鰹《はつがつお》の便《たよ》りも届くであろう。
牡丹に芍薬《しゃくやく》に百合《ゆり》に藤、灌仏会《かんぶつえ》の花御堂《はなみどう》に飾る花々も咲きそろってくる。
華やかな花の彩りが、半兵衛のいない淋しさを紛《まぎ》らわせてくれるのだろうか。
「朝顔の苗や、夕顔の苗、糸瓜《へちま》の苗もあるよう」
木戸のほうから、聞き慣れた売り声が聞こえてくる。
「又七だ」
おまつが顔をしかめた。
手拭いを唐茄子《とうなす》かぶりにした又七が、天秤棒《てんびんぼう》を担いでやってくる。

「姉さん、お久しぶり」

「おまえ、こんどは苗売りになったのかい」

「苗も種も鉢植えもあるよ。この鉢植え、みおぼえはないかい。ぜんぶ、下谷同朋町の御屋敷から貰ってきたんだぜ」

「まさか、半兵衛さまの鉢植えかい」

「そうさ。ぜんぶ、おいらにくれるって言ったのさ。あの爺さん、最後だけは気前良かったぜ」

鉢植え名人の種は、後生楽《ごしょうらく》な又七の手で江戸じゅうにばらまかれる。それもいい。そうしてほしかったにちがいないと、三左衛門はおもった。

半四郎も身を乗りだし、楽しげに笑っている。

又七は天秤棒を担ぎ、声を張りあげた。

「ほうら、みんな出ておいで。正真正銘、鉢植え名人の遺した種だ。そいつが波銭一枚で買えるよう」

長屋の部屋という部屋から、住人たちが顔を出す。

わたしも、おれもと列をなし、又七に群がっていく。

「おやおや、たいへんな人気だよ」

そこへ、千筋の袷《あわせ》を纏ったおすずがひょっこり訪ねてきた。女房の丸髷《まるまげ》もすっかり板につき、堂々とした歩きっぷりだ。

「みなさま、こんにちは」

「どうしたんだい。さっぱりした顔しちまって」

おすずは少し顔を赤らめ、口をもごつかせる。

「おっかさん、まだ早いかもしれないんだけど」

「何だい、はっきりお言いよ」

「わたし、できちまったみたい」

「できちまったって……ま、まさか」

口をぽかんと開けたおまつの隣で、三左衛門が目を白黒させる。

半四郎と倉木も、乾いた唇《くち》もとを舐める。

おまつが声を弾ませた。

「赤《あか》ん坊《ぼ》かい」

「うん」

こっくりうなずくおすずの顔は、白磁《はくじ》のように光っている。

「ふはは、やったた、やったぞ」

半四郎が拳を突きあげた。

三左衛門は感極まり、ことばを発することもできない。自分の命よりも大事な娘が、新たな命を宿してくれたのだ。

心の底から、喜びが渦潮のように沸きあがってくる。

人の命とは不思議なもので、悲しみと喜びを同時にもたらしてくれる。

「おすず、おれにもはなしを聞かせてくれ」

又七が天秤棒を抛《ほう》り、急いで駆けてきた。

半兵衛の種を手にした長屋の連中も、こぞって祝福にやってくる。

——ありがとう。

三左衛門は胸のうちに何度もつぶやいた。

おすずよ、おまつよ、そして、今ここに集ったみんなに心の底から感謝のことばを伝えたい。

軒のうえでは、雀たちまでがやかましく囀《さえず》っている。

空に浮かぶ雲は、いっそう煌めいてみえる。

賑やかな照降長屋は、初夏の淡い光に包まれていた。

※本書は２０１２年11月に小社より刊行された作品に
加筆修正を加えた「新装版」です。

双葉文庫

さ-26-50

照《て》れ降《ふ》れ長屋風聞帖《ながやふうぶんちょう》【十八】

まだら雪《ゆき》〈新装版《しんそうばん》〉

2022年4月17日　第1刷発行

【著者】
坂岡真《さかおかしん》
©Shin Sakaoka 2012
【発行者】
箕浦克史
【発行所】
株式会社双葉社
〒162-8540 東京都新宿区東五軒町3番28号
［電話］03-5261-4818(営業部)　03-5261-4833(編集部)
www.futabasha.co.jp(双葉社の書籍・コミックが買えます)
【印刷所】
中央精版印刷株式会社
【製本所】
中央精版印刷株式会社

【フォーマット・デザイン】
日下潤一

ISBN978-4-575-67107-0 C0193
Printed in Japan